마음껏 도전하고, 멋지게 성공하라

군대
Military Life Mentoring
인생 멘토링

군대 인생 멘토링

초판인쇄	2020년 06월 09일
초판발행	2020년 06월 15일

지은이	김지양 김석진 정대원
발행인	조현수
펴낸곳	도서출판 더로드
마케팅	최관호
IT 마케팅	조용재
디자인 디렉터	오종국 Design CREO

ADD	경기도 고양시 일산동구 백석2동 1301-2
	넥스빌오피스텔 704호
전화	031-925-5366~7
팩스	031-925-5368
이메일	provence70@naver.com
등록번호	제2015-000135호
등록	2015년 06월 18일
ISBN	979-11-6338-078-8-03810

정가 15,800원

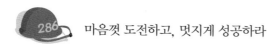

마음껏 도전하고, 멋지게 성공하라

군대
인생 멘토링

Military
Life
Mentoring

김지양 김석진 정대원 지음

도서출판 더로드
The Road Books

Kim Jiyang

교사, 해병 특수수색대에 입대하다

"여러분 줄을 서 주십시오."

"부모님께 대하여, 절!"

"오와 열! 발을 맞춰서 걸어봅니다. 하나, 둘, 하나, 둘!"

　　　　　2006년 8월의 포항. 가만히 서 있는 것만으로도 땀이 줄줄 흘러내리던 날. 눈물인지 땀인지 모를 물방울들 속에서 우린 함께 걸어가고 있었다. 그때 우린 흐르는 눈물이 땀인 척하며 그렇게 말없이 걸었다.

(입소 후)

"넌 사회에서 뭐 하다 왔어? 선생? 근데 왜 왔어?"

눈빛조차도 허락하지 않는 해병대 훈련 교관, 일명 'DI'였다.

지금도 새까맣게 그을린 팔과 얼굴로 해병대 신병교육대를 지휘하던 훈련 교관들의 목소리와 얼굴이 생생하게 떠오른다. 해병대 수색대를 병장으로 전역한 내게 사람들은 왜 거기를 다녀왔냐는 질문을 많이 하곤 한다. 그 당시 입대를 위한 테스트를 하는 군인들부터, 교관, 선임들까지 모두가 그렇게 물었다. ROTC(학군사관)도 합격했었기에 장교로 갈 수도 있는 상황이었지만 나는 일반 사병의 길을 택했고, 그중에서도 해병대를 택했다. 그리고 해병대에서도 가장 힘들다는 수색대를 선택했다. 해병대 수색대를 전역한 우리는 해병대 수색대라는 이름보단 '해병 특수수색대' 라는 옛 이름으로 우리 부대를 일컫는다. 남들은 모르는 묘한 떨림이 있는 그 말은 우리에겐 무엇과도 바꿀 수 없는 자부심이다.

그 뜨거웠던 포항의 날씨를 어떻게 잊을 수 있을까. 누군가는 군대 생활이 자다가도 벌떡 일어날 만큼의 악몽으로 남아있다는데 내게 군대에 대한 기억은 그때의 무더위보다도 뜨겁고 아름다운 추억, 소중한 경험으로 남아있다. 평화의 시대가 와서 대한민국의 남성들이 군대의 족쇄에서 벗어나기를 바라지만, 그런 시대가 오지 않은 지금은 군대라는 곳이 짐처럼, 악몽처럼 기억되지는 않기를 바란다.

그러한 바람을 가지고, 입대해서 2년간의 군 생활을 무사히 마치고 돌아오기까지의 이야기를 정리해본다. 이 이야기를 풀어내는 이유는 나의 군 경험이 힘들거나 특별해서는 아니다. 대한민국 평범한 남성들이라면 겪어야 하는 군 생활이 아픈 기억 혹은 인생에서 버려지는 시간이 되기보다는 모두에게 소중한 자산이 되었으면 좋겠다는 이유에서다. 더 나아가 그곳에서 보낸 날들이 살아가면서 힘들 때마다 오히려 자신에게 힘을 주는 경험으로 남았으면 좋겠다. 나처럼. 그래서 그런 나의 작은 생각과 경험들을 나누고자 한다. 2년 동안의 군 생활은 한 마디로 단기 속성 인생 경험이었다. 수십 년의 삶을 살아도 경험하지 못할 사람 경험, 일 경험이었으며, 소중한 삶의 경험이었다.

　나는 대학교를 졸업하던 해 여름 해병대에 자원입대했다. 어렸을 때부터 가고 싶었던 로망과도 같은 곳이었다. 남들이 마다하는 힘든 경험은 분명히 내게 큰 경험이 될 거라고 생각했다. 물론 대학에 다니며 주변의 유혹에 ROTC에 원서를 내고 합격하기도 했지만 결국 내 바람대로 졸업 후 사병으로 입대하기로 마음을 먹었다.

　일반 사병으로 군대에 가기로 마음을 정하고 나니, 기왕 가는 것,

대한민국에서 가장 힘든 부대에 가고 싶어졌다. 다시는 해보지 못할 바닥 경험을 하고 싶었다. UDT, 특전사, HID, UDU, CCT, 해병 특수수색대 등의 특수부대가 있었지만, 대부분이 직업군인 위주의 부대였다. 그중에서 유일하게 사병들이 꽃인 부대 해병대, 그중에서 수색대에 자원입대하였다. 입대를 위해서 체대 학생들보다 나은 체력을 갖기 위해 운동을 했고, 시력을 중요하게 생각하는 해병대 수색대이기에 시중에 나와 있는 시력 검사표를 다 외우고 시험을 보기도 했다. 사실 그 당시 내 시력은 안경으로 교정이 필요한 시력이었다.

2006년 8월, 나는 당당히 합격하고 입대하게 되었다. 다른 부대보다도 유난히 어린 친구들이 자원입대를 많이 하는 해병대 수색대에서의 출발을 하게 된 것이다. 내게는 그간의 어떤 합격 소식보다 더욱 기쁘고 벅찬 소식이었지만 가족들은 물론이고 주위 사람들은 이런 나를 이해하지 못했다. 그래도 상관 없었다. 주위의 지지보다는 나 스스로 결정한 일에 대한 젊은 열정과 패기가 더욱 중요했으니까.

훈련소 가입소, 1소대 1격실(나이순으로 배치)에서 82, 83년생 동기들과 시작했던 그때. 나처럼 조금은 늦은 나이에 입대한 그 친구들이 있었기에 대학을 졸업하고 나서 입대했어도 많은 위로가 되었다. 지금 함께 글을 쓰는 석진이도 그중 한 명이었다. 석진이는 전체 중에서도 2~3번째로 군번이 빨랐던 것 같다. 나중에 실무 생활을 하면서 힘든 시기가 많았는데, '그 친구들도 어디선가 이렇게 어려움을 극복해나가고 있겠지' 라며 생각하고 이겨내기도 하였다.

대학 졸업생이었기에 대학교에서는 후배들을 많이 거느린 선배였지만 입대와 동시에 내 삶은 나락으로 떨어졌다. 이등병이 되어 바닥부터 시작해야 했던 때부터 병장으로 무사히 전역하던 때까지 겪었던 모든 일들은 지금 내 인생의 든든한 버팀목으로 자리잡았다. 어떤 힘든 일이 오더라도 이겨낼 수 있다는 '안 되면 되게 하라.', 이 해병대 정신은 오늘도 내게 큰 힘이 되어 주고 있다.

2020년 5월

저자 **김지양**

Kim Seokjin

법대생, 해병 특수수색대에 입대하다

어려서부터 운동을 좋아했다. 중·고등학교 때에는 유도에 푹 빠져있었다. 반면 공부에 푹 빠진 적은 없었다. 성적은 평범한 편이었지만 고3 때는 내 나름대로 열심히 공부했다. 개인적인 생각으로 머리가 썩 좋은 편은 아닌 것 같다. 숭실대 법학과에 재학 중이었고 대부분의 남자들이 비슷한 고민을 하겠지만 나 또한 군대를 어떻게 가야 할까 고민을 많이 했다. 뭘 해도 군대가 항상 마음에 걸려서 집중력이 떨어지는 것 같았다. ROTC가 있긴 했으나 대학 시절을 딱딱하게 보내고 싶진 않았다. 제일 많이 고민한 게 학사 장교였다. 졸업하고 시험 봐서 장교로 입대를 할까 하다가 늦었지만 지금이라도 병으로 입대하자 결정하고 해병대 수색대에 지원하게 됐다.

내가 해병대 수색대에 지원한 이유에는 여러 가지가 있다. 군 복무는 헌법에서 정하고 있는 의무다(헌법 제39조). 대한민국 국민으로 살아가는 사람으로서 이러한 의무를 회피하거나 져버릴 마음은 없었다. 군대에 갈지 말지가 아니라 어디를 가야 하냐가 고민이었고 이왕 갈 거면 내 의지로 원하는 곳을 가고 싶었다. 그중 해병대는 지원(志願) 제도를 채택하고 있었고 많은 이들이 힘들 걸 알면서도 당당히 지원했다. 마지못해 오는 인원들과 다르게 본인의 의지로 선택하여 온 사람들과 함께 군 생활을 하고 싶었다.

그리고 해병대는 선배들이 훌륭한 업적을 남겨놓은 곳이었다. 6·25, 월남전에서 해병대는 엄청난 업적을 남겼다. 모두가 알다시피 한국전쟁의 판도를 바꿔 놓았던 인천 상륙작전, 미군도 점령하지 못한 도솔산 전투에서의 승리(이때 이승만 대통령이 해병대가 가면 상황이 개선된다는 뜻으로 '개병대'라는 칭호를 붙여줌), 거기다 월남 짜빈동 전투에서는 1개 중대 규모로 1개 연대 규모를 막아냈다. 그로 인하여 미국 기자가 '귀신 잡는 해병'이란 별명을 붙여주기도 했다. 이런 좋은 전통이 있는 곳에서 나 또한 역사를 만들어 가고 싶었다. 또 만약 전쟁이 발생한다면 내가 최선봉에 서고 싶었고 나와 함께 싸우는 전우가 해병이었으면 좋겠다는 생각을 했다. 그중 수색대에 근무하게 되면 나는 해병의 선봉에 서서 다른 해병들이 무사히 상륙할 수 있도록 도울 수 있게 된다. 이러한 이유로 나는 해병대 수색대를 결정하고 지원서를 냈다.

합격을 하고 8월, 뜨거운 햇볕 아래에서 입대를 하게 됐다. 가족을 뒤로하고 우리 동기들은 훈련소에 입소하게 되었고 힘들었지만, 시간이 지날수록 가까워졌다. 몇 주가 지났을까. 교육대장이 수색대 지원해서 입교한 동기들을 소집했다. 정확히 기억은 안 나지만 그때 '수색' 병과로 지원하여 온 동기들이 약 80여 명이 되었다.

(우리를 불러놓고 하는 첫 마디)
"너희들 전부 수색대 못 가!",
"아마 한 10명 가려나? TO 나오는 대로 가는 거야~."였다.

순간 동기들 분위기가 어수선해졌다. 난 그냥 끝까지 최선을 다해보겠다는 생각으로 임했다. 체력평가, 수영 평가, 진해에서 받는 체임버 테스트 등 모든 평가가 끝나고 신병 훈련소는 막바지를 향해가고 있었다. 그러던 중 각자 배치받을 부대를 발표하는 날이 왔다. 모든 동기들이 모여앉아 빔 프로젝터를 쳐다보고 있었다. 가장 먼저 발표된 게 수색대였던 것으로 기억한다. 수색 대원은 10명이 선발됐고 내 이름이 들어있었다. 그리고 난 1사단으로 배치받았다.

해병대 신병 훈련소를 마치고 동기들과 부둥켜안고 작별 인사를 했다. 뒤이어 수색대에서 우리를 데리러 차가 왔다. 긴장되는 마음으로 동기들과 도착한 바닷가의 수색대, 그때 그 느낌은 잊을 수 없다. 어떤 우락부락하게 생긴 대위가 막 호통을 치고 있었는데 후에 내가 배치된 특수 중대 중대장임을 알게 됐다. 생긴 것과 다르게 자상한 분이었다. 지금도 연락을 주고받는데 몇 년 전 수색대 대대장으로 취임하셔서 취임식에도 갔다 왔다. 3일 정도 우린 대대에서 동화교육을 받았고 곧 각자의 중대로 배치되며 수색대 생활이 시작됐다.

14년이 지났다. 책을 한번 써보자는 동기의 연락에 오랜만에 군 생활을 추억할 시간을 가질 수 있어서 기쁘다. 나에게 수색대의 기억은 항상 가슴속 깊은 곳에 남아있는 꺼지지 않는 작은 불씨이다. 나는 군대의 경험이 꼭 시간 낭비만은 아니라 생각한다. 보통의 사기업은 관료제를 택하고 있고 이 시스템을 짧고 굵게, 밑에서 위까지 경험해 볼 수 있는 곳이 군대이다. 이병 땐 인생의 바닥을, 일병 땐 하위관리자, 상병 땐 중간관리자, 병장 땐 최고 관리자(병사 기준)

이며 간부들과 병사들의 소통의 다리 역할을 할 수 있다. 이런 것들이 사회생활을 시작할 때 겪어 보지 않은 자들보다 장점으로 다가올 것이다. 그래서 군필자가 더 사회생활에 잘 적응한다고 생각한다. 또 규칙적인 생활 및 식사로 건강해지고 매일같이 운동을 하며 체력이 좋아진다. 본인의 의지만 있다면 멋진 몸짱이 될 수도 있다. 물론 군대의 추억이 다 좋은 것만 있는 것은 아니지만 아직 군대를 다녀오지 않았다면 너무 걱정하지 말라고 말해주고 싶다. 그리고 군대를 내가 지금 하고 있는 일을 잠시 내려놓고 많은 경험과 생각을 해보며 미래를 설계해볼 시간을 가져보는 기회로 생각해 보는 건 어떨까 싶다. 우리의 글을 읽고 자기 자신이 더 성숙해질 수 있는 군 생활을 했으면 좋겠다.

2020년 5월

저자 **김석진**

Jeong Daewon

미대생, 해병 특수수색대에 입대하다

"군대 얘기로 글 한번 써보자."

군을 전역한 지 10년도 더 지난 어느 날, 동기 지양이에게 연락이 왔다. 처음에는 갸우뚱했다.

소개팅에서 해서는 안 되는 3가지 이야기가 있다. 그것은 군대 이야기, 축구 이야기, 그리고 군대에서 축구 한 얘기라고 할 만큼 군대 이야기는 금기시되는 주제가 아니던가. 그런 이야기를 책에 담자고?

더군다나 해병대를 다녀온 나에겐 '해병대 자부심' 내세운다는 이야기를 들을까 봐 군대 이야기는 늘 조심스러웠다. 자랑거리는 내가 늘어놓을 때가 아니라 주변에서 말해줄 때 더욱 빛난다고 생각하기 때문이었다.

지양이는 지금이 세 번째 출간이라는 걸 알고 있다. 특히 남미에 있는 한국학교에 파견근무를 하며 아내와 함께 있었던 일화들을 엮은 〈업고 메고 남미육아여행〉 이라는 책은 주제도 흥미로웠고 이런 재밌는 인생을 책으로 담아 엮을 수 있는 지양이가 대단하다고 생각했다. 하지만 군대 이야기라니? 누가 본다고?

물론 군 입대를 앞둔 청년이라면 이런 내용이 궁금할 수 있다. 나도 입대했던 2006년에 부대 생활과 군대에 대한 정보가 얼마나 궁금하던지 인터넷을 이것저것 뒤져봤었지만 빛바랜 1회용 카메라로 찍은 선배들의 개인 추억용 사진과

"내가 뱀을 산 채로 잡아먹고 200km를 이틀 밤에 걸었고……."

같은 무용담들뿐이었다. 하지만 요즘 시대는 유튜브에만 들어가도 '우리나라 특수부대별 비교분석~', '00부대 출신이 들려주는 현역시절 이야기', '00부대 출신의 군대 생활 기억나는 캠핑하기' 같은 영상들이 쏟아지는 시대에 살고 있다. 물론 나도 누가 "에이, 군대 썰 한번 풀어봐~!" 라고 하면 일주일 밤낮으로 들려주고 싶은 얘기들이 많이 있다.

"라떼는 말이야~. 훈련받는데 1주일간 잠도 안 재우고 밥도 안 줘서 칡뿌리를 씹으며 걸었지."

···같은 이야기들을 풀어보고 싶지만. 이런 공통적인 내용은 주 저자인 지양이에게 맡기고, 다른 이야기를 조금만 풀어보려고 한다.

Part 1. 훈련병, 새로운 인생 여행을 시작하다.

2020년 5월

저자 **정대원**

Contents | 차례

 Part 01

훈련병, 새로운 인생 여행을 시작하다

Part 02
이병, 인생의 쓴맛을 보다

 **Part 03**
일병, 진정한 해병 특수수색 대원으로의 한 걸음

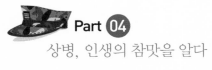

Part 04

상병, 인생의 참맛을 알다

Part 05
병장, 삶의 급속한 변화를 맛보다

에필로그

누구나 해병대원이
될 수 있다면, 나는 결코 해병대를
선택하지 않았을 것이다.

PART 01

훈련병,
새로운 인생 여행을
시작하다

Kim Jiyang

01 뜨거웠던 8월의 포항,
   드디어 입대

"나는 대한민국의 자랑스러운 해병이 된다."

"나도 이제 해병이다."

"감사히 먹겠습니다."

　　　아직도 훈련소에서 다 함께 외치던 식사 구호가 토씨 하나, 억양 하나 틀리지 않고 기억난다. 어찌 잊으랴. 하루 세 번을 간절한 밥심으로 외쳤던 구호인데. 그 시절 우리는 그곳의 일원인 것만으로도 자신감이 넘쳤고, 행복했다고 생각한다.

　다시 입대하는 날로 돌아가 본다. 2006년 8월 6일. 9인승 봉고차를 빌려서 타고 포항으로 향했다. 단체로 현장 학습을 가는 것도 아니고, 식구들 중 나 혼자 입대하는 것이었지만 해병대를 전역한 사촌 형이 있는 외삼촌 가족, 우리 가족은 나를 배웅하기 위해 우르르 포항으로 향했다. 불과 한 달 전만 해도 교단에서 아이들을 가르치던 교사였기에 유난을 떨 것 없이 학교생활을 이어가며 담담하게 입대를 준비했다.

그러나 드디어 그날을 맞은 내 가슴은 전혀 담담하지 않았다. 바다에서는 아지랑이가 피어오를 정도의 뜨거운 여름 날씨였다. 평정심을 유지하려 했던 마음은 그날 점심 무너지고 말았다. 회를 먹기 위해 들른 포항의 죽도 시장에서 도무지 아무것도 넘어가지 않는 것이었다. 그동안 담담했던 것인지, 담담한 척을 했던 것인지 스스로도 의심스러웠다.

해병대 훈련소, 수많은 입대자 사이에서 교관들의 구령에 부모님께 큰절을 올리고 걸어 들어갔다. 땀범벅, 눈물범벅으로 들어가던 훈련소 길이었다. 그날 이후 부모님께 내 뒷모습을 보여드리는 것도 싫었고, 부모님의 뒷모습을 보는 것도 싫었다. 그래서 전역할 때까지 면회를 오시지 말라고 부탁드려 가족들은 남들 다 하는 그 흔한 면회를 한 번도 오지 않았다. 그나마 유일한 면회는 포항이 고향인 대학 동기 Y 군이었다. 그래서 가끔 보는 동기 Y 군에게는 애틋한 감정이 든다.

멀리서 손짓하는 부모님이 보이지 않게 되는 시점과 교관의 목소리가 부모님 귀에 들리지 않게 되는 시점부터 교관의 말투와 목소리가 달라졌다. 우리를 겁박하는 말투와 온갖 육두문자가 시작된 것이다. 우리는 그렇게 군인이 되는 길로 들어서게 되었다.

02   뙤약볕 아래에서의 큰절

아마 이 책을 쓴 우리는 모두 이날을 너무나도 더웠던 날로 기억할 것이다. 그늘이 없는 곳에서는 단 10분도 서 있기가 힘들었고 햇빛이 얼마나 눈부시던지 눈을 뜨기가 힘든 덥고도 쨍하게 맑은 날이었다.

"졸려…….오빠 잘 갔다 와."

문 앞에서 배웅은커녕 침대 밖으로도 나오지 못한 동생은 두고 부모님, 할머니, 그리고 당시 만났던 여자 친구와 포항에 함께 가게 되었다. 살면서 처음 방문해본 포항 서문에 모인 500여 명의 해병 1027기 동기들과 함께 온 가족, 친구들까지 수천 명이 곳곳에서 이

별을 아쉬워하며 손을 잡고, 안고, 눈물 흘리는 많은 이들이 뒤엉킨 날이었다.

"입대 장병들께서는 연병장으로 모여주시기 바랍니다. 다시 한번 알려 드립니다. 입대 장병들께서는 이제……."

주변에 이별의 정을 나누는 사람들을 보며 오히려 나는 어떻게 해야 하나 하고 머쓱함을 느끼고 있었다. 내 전공이 미술이고 미술 교사로 근무하고 있는지라 주변에서 감상적이고 공감을 잘할 것이라고 얘기하는데 오히려 조금은 무뚝뚝하고 이별의 슬픔을 잘 표현 못하는 사람이었던 것 같다.

"아들~! 군 입대하는데 아빠랑 포옹 한번 하고 들어가~."
"아니 무슨 포옹이야~ 갔다 올게요!"

사춘기를 벗어난 지 몇 년 되지도 않았던 터라 아버지와는 계속 서먹했었고 포옹을 거절했더니 그 자리가 어색해져서 잘 다녀오겠다고 손 인사를 하고 돌아서서 뛰어갔다. 어린 시절 맞벌이하는 부모님을 대신하여 나를 길러주신 할머니의 손 한번 꼭 잡아드리지 않고 장염 걸린 몸으로 포항까지 따라와 주었던 여자 친구도 한번 안아주지 않고 뛰어 들어갔다. 누가 그러던가. 군대에서는 1등도 꼴등도 말고 중간만 하라 그랬다고. 연병장에 서고 보니 가장 첫 줄에 서게 되었고 함께 선 동기들은 홀로 입대를 하는 듯했다.

"입대 장병들은 뒤로 돌아서 가족들을 향해 큰절을 올리겠습니다!"

헬멧을 눌러쓴 교관의 목소리는 외쳐대는 목소리였지만 아나운서와 같은 톤이었고 귀에 쏙쏙 박히는 엄청난 발음이었다. 뒤로 돌아섰더니 역시나 군대는 1등은 하지 말라더니 가장 첫 줄은 마지막 줄이 되었고 가족들을 찾기란 힘들었다.

절을 하는 그 순간에도 다가올 군 생활에 대한 두려움과 슬픔보다는 8월의 태양에 달궈진 아스팔트에 무릎이 뜨겁다는 생각만 했다.

 Kim Jiyang

03   훈련소에서의 7주

훈련소에 입대하고 1주일간은 가입소 기간이었다. 그 기간 동안 신체검사를 하며 본격적인 훈련소 입소 준비를 했다. 교관도 그때까지는 우리를 보며 이를 갈며 많이 참았던 것 같다. 못마땅한 상황에서도 '민간인이야?', '가입소만 끝나봐라.' 그렇게 이야기를 하곤 했다.

가입소가 끝나고 꽤 많은 동기가 훈련소에서 집으로 돌아가게 되었다. 아쉬움에 눈물을 흘리는 친구도 있었다. 어떤 동기는 입대 후 두 번을 탈락하고 집으로 돌아갔다가 다시 지원해서 온 친구도 있었다. 다행히도 그 친구는 우리 기수에서는 살아남아서 함께 훈련소 생활을 하게 되었다.

내 훈련 단짝은 K 군이었다. 02학번 동갑내기였고 경북대 법학과에 재학했던 친구였다. 훈련소 7주 동안 함께 참 많은 이야기를 나누었다. 나중에 꼭 만나자고 굳게 약속했는데 아쉽게도 연락처가 없어 지금까지도 찾지 못하고 있다. 혹시 이 책을 기회로 다시 만나게 된다면 더할 수 없는 기쁨일 것 같다.

훈련소에서 맞이하는 1, 2주는 민간인 탈 벗기 프로젝트라고 할 수 있다. 신기한 것은 그 짧은 시간에 민간인으로서의 모습을 완전하게 벗어나게 된다는 것이었다. 잠자는 것, 먹는 것, 걷는 것, 말하는 것 등 모든 습관에서 벗어나서 군대형 인간으로 다시 태어나게 된다. 물론 우리나라에는 군대 문화에서 비롯된 수많은 부정적인 문화도 많지만 안 좋은 것만 생각한다면 개인의 발전이 있겠나 싶다. 그래서 나는 불평, 불만으로 생활하기보다 온전하게 군대 생활에 젖어서 생활하며 배울 것은 배우고, 전역과 동시에 깔끔하게 민간인으로 돌아가겠다고 마음먹었다.

내 몸에 맞지도 않는 옷, 딱딱한 군화. 그 모든 것들이 그렇게 짧은 시간 내에 내게 익숙해지리라는 것은 상상도 못 했다. 그런데 사람들의 적응력이란 참 대단했다. 금세 적응했고, 사격, 화생방, 행군 등 다양한 훈련을 받으며 진짜 군인이 되어갔다.

처음으로 훈련소에서 제대로 된 피복을 받던 날이 떠오른다.

훈련 교관은 주말 과업으로 피복을 나누어주었다. 각자의 신체 사이즈를 적어서 제출했던 것 같은데 각자 적었던 사이즈가 올 리가 없었다. 운동화가 너무 작아서 맞지 않는 사람은 나오라고 했다. 그래서 나도 맞지 않았기에 나갔다. 숫자를 세어보더니 화를 내기 시작했다.

"야, 이 ㅇㅇ들아, 안 맞아? 여기가 나ㅇ키야? 그렇게 작아? 발이 아파?"

"아닙니다!"

"그러면 들어가."

"....."

눈치를 보다 몇 명이 발을 그 작은 신발에 욱여넣었다. 나는 눈치를 보면서 그냥 앉아있었다.

"안 들어가? 도저히 못 신겠어? 그래 좋아. 그럼 발가락이 이렇게 접혀서(손가락을 완전히 접어 ㄷ자로 만들며) 못 신겠다, 하는 사람만 남아! 그런 사람 있어?"

"아닙니다!"

"그럼 뭐해? 뭘 봐? 다 들어가~!"

(후다닥~~)

결국, 내 발가락도 그 딱딱하기 그지없는 운동화에 들어갔고 그 과정에서 발톱 2개가 시커멓게 피멍이 들었다. ^^ 인체의 신비를 경험한 순간이었다.

훈련소의 마지막 주는 '극기 주'라고 불렸다. 자다가 깨워서 목봉 훈련을 시키기도 하고, 밥도 조금씩만 주면서 훈련병들을 훈련 시켰다. 밥을 조금 주는 기간병과 싸우기도 하는 훈련병도 있었다. 물론 큰소리 후에 남는 것은 얼차려로 인한 후회밖에 없었지만 말이다. 다양한 삶의 스펙트럼을 갖고 있던 20대 건장한 남성들이 모였으니 얼마나 티격태격 말이 많았겠는가? 다툼도 많았고, 신경전도 많았다. 내가 보기엔 그다지 큰일도 아니었는데 그렇게 민감하게 반응하는 동기들이 많았다. 그런데 신기한 것은 그런 친구들도 점점 적응을 해갔고 자대 배치를 앞두고는 서로 헤어지기 싫어서 울고불고 난리도 아닌 동기애가 우리에게 생겼다는 것이다. 살아가다가 언젠가 동기들을 만나게 된다면 분명 크건 작건 서로에게 힘이 되어줄 것임에 의심이 없다.

훈련소에서 교관들을 'DI'이라고 불렀다. 철모를 푹 눌러쓰고 손가락으로 찔러도 들어가지 않을 정도의 감정 없는 로봇 같은 소대장들은 눈빛 하나만으로도 온갖 카리스마를 뿜어내고 있었다. 말 한마디로 훈련병들을 울리고, 웃기고, 벌주고, 교훈을 주며 들었다 놓았다 했던 교관들은 우리에게 해병대라는 자부심과 함께, 온갖 힘든 상황 속에서도 이겨내라는 자신감도 심어 주었다.

'누구나 해병대원이 될 수 있다면, 나는 결코 해병대를 선택하지 않았을 것이다.'

그렇게 우리는 7주 만에 늠름한 해병대원으로 재탄생하게 되었다. 빨간 명찰을 받던 날 느낀 뿌듯함은 정말 대단했다. 처음으로 팔각모를 쓰고 '팔각모 사나이'를 부르던 그날, 우리에겐 더 이상의 기쁨은 없었다.

 Kim Jiyang

04 　　 해병대는 직진

"해병대는 직진이지!"

　　　해병대 훈련병 교육 중 인상적인 것 중 하나는 '직각 보행'과 '3인 이상 이동'이었다.

해병대 훈련소에서는 둘러 간다거나, 대각선으로 질러간다거나, 동그란 동선으로 이동하는 것을 허용하지 않았고 혼자서는 아무 곳에도 갈 수 없었다. 밥을 먹어도 다 먹은 동기들이 3인 이상 모여야 직각 보행으로 이동을 할 수 있었다. "해병대는 직진이지!"라는 구호와 함께 어떤 이동도 직각 보행으로 이동하도록 하였다. 개별적인 이동에서나, 단체 이동에서도 마찬가지였다. 아무리 가까운 길이 있더라도 직각 보행에 어긋난다면 더 먼 거리로 둘러서 가야 한다는 것이 비합리적인 일이 아닌가 하고 생각이 되기도 하였지만, 하루 이틀이 지나자 그것이 당연한 이치인 것처럼 생각이 되기도 하였다. 이러한 경험과 습관이 아주 우스꽝스러운 방법으로 나타나기도 하는데 광주 등지에서 이루어지는 후반기 교육(후반기 교육은 다양한 부대가 모여서 교육을 받기도 한다.)을 받는 곳에서 종종 이런 일들이 벌어진다고 한다. 사실 나는 직접 경험해보지는 않았지만 이런 직각 보행 습관을 아무 생각 없이 내보인 친구들은 일명 '해병대 꼴통들'이라는 말을 듣게 된다고 했다.

상황인즉슨 '해병대는 직진이지'라는 일념 하나로 앞에 장애물이 있거나 탁자 등이 있어도 보란 듯이 곧바로 넘어 다녔다는 것이었다. 이게 도대체 뭐지? 싶을 정도로 어이없는 상황에 다른 부대 사람들은 웃지 않을 수 없었다고 한다. 본인이 해병대임을 얼마나 알리고 싶었으면 그랬을까 싶다.

'직진 근성'

지금 생각해 보면 이 직진 근성은 사회에 무감각한 사람을 기르는 것이라기보다는 군인으로서의 절도를 배우는 것이었던 것 같다. 좀 더 나아가서 생각해 본다면 현대 사회에서 강조하는 과제 집착력, 끈기, 도전정신 등과 관련이 있다고 해야 할지 모르겠다. 그 당시는 무조건적인 적용으로 주변에게 웃음거리가 되는 해병대 이병의 모습이었겠지만, 그 안에 존재하는 핵심을 파악하고 나에게 도움이 되는 교훈으로 삼는 것은 나의 삶의 성장으로 이어질 것이다. 그때의 해병대 훈련병들이 지금도 요령 없이 살아갈 거라고 생각하면 큰 오산이다.

대학 시절 '태권도 교수법' 수업 시간에 교수님께서 하신 말씀이 기억이 난다.

"자세를 보나 실력으로 보나 제대로 하지도 못하면서 혼자 온갖 운동을 다 하는 척하는 녀석들은 죄다 해병대 출신이야."

그 '녀석들'도 사회 적응력이 생기지 않았을까? 요령 없이 태어났지만, 실무 경험 속에서 일명 짬밥을 먹으며 자연스레 사회 적응력을 터득하는 모양이다.

Kim Jiyang

05 자대배치: 사나이들의
뜨거운 눈물의 현장

"동기야. 잘 가."
"동기야. 건강해."

　　　　　얼마나 울었을까? 20대 건장한 성인이었던 우리가 펑펑 울며 헤어진 그날. 7주간의 짧은 기간 동안 우리는 무엇을 나누었기에 그토록 애틋한 사이가 되었을까? 아마도 서로에게 이익이나 바라는 것 없이 그저 함께했기에 그런 마음이 생기지 않았을까? 그 순간을 끝으로 단 한 번도 보지 못한 동기들이 지금은 어느 곳에서 어떻게 살아가고 있는지는 아직도 궁금하다.

　　'소식 없는 그대가 그립습니다.'

자대 배치를 받던 날. 누군가는 60 트럭을 타고 떠나고, 누군가는 걸어서 가고, 누군가는 그 자리에 남았다. 동기들을 떠나보내던 날, 꺼이꺼이 울지 않은 동기들은 없을 정도로 서로 아쉬워했다. 어쩌면 자대에 배치되어 앞으로 겪을 외로움을 예상하기라도 한 것일까? 우린 그 짧은 시간 동안에 서로가 서로에게 의지했고, '너도 할 수 있다면 나도 할 수 있다. 함께이기에 할 수 있다.' 라는 생각으로 동기애가 대단했던 것 같다.

'거꾸로 매달려도 국방부 시계는 간다.'
라고 했던가? 분명 그 말은 전역한 사람이거나 민간인들이 하는 말이었을 것이다. 우리는 백령도로, 강화도로, 연평도로, 포항 자대로 뿔뿔이 흩어졌다. '꽃봉'을 등에 메고 건강하라고, 다치지 말고 전역 교육대에서 만나자고 눈물지으며 손 흔들던 날. 사나이들의 뜨거웠던 눈물은 아직도 잊을 수가 없다.

06   신병 훈련소에서 두 번 멱살 잡히다

당신은 살면서 멱살을 잡혀본 적이 있는가?

나는 훈련소에서 2번 멱살을 잡혔다. 뭐 한 번은 나도 잡았으니 같이 잡은 꼴이다. 으레 남자들이 모이면 갈등이 생기곤 한다. 해병대 훈련소도 마찬가지다. 서로 성향이 다른 사람들이 모였으니 대립하는 경우가 생긴다. 난 나이가 많은 편이었기에 티 안 내고 조용히 지내려 노력했었다. 물론 훈련소에서 싸우게 되면 징계를 받거나 퇴소될 수도 있기에 행동 하나하나 신중해야 한다. 그러나 가끔은 어린 동기들의 철없는 행동이 굉장히 마음에 거슬리기도 했다.

하루는 총검술 훈련 등을 받기 위해 우리 소대가 훈련 대형으로 모일 때였다. 훈련 대형은 대체로 키가 작은 동기들이 앞줄에 서고 큰 동기들이 뒷줄에 서는데 뒤에서 "야, 이 스머프들아! 빨리 안 서냐?"

이런 소리가 들렸다. 근데 이런 경우가 몇 번 있었다. 나는 참다못해 그런 소리를 한 동기에게 소리를 쳤고 그 이후론 그런 일이 발생하지 않았다. 후에 그 동기가 찾아와 사과를 했고 우리는 오히려 그전보다 더 잘 지낼 수 있었다.

첫 번째 멱살은 세면장에서였다. 평소에 좀 껄렁대는 동기가 있었는데 그날도 그랬다. 그 친구는 상근 예비역으로 기억한다. (훈련소만 마치면 집에 가서 출퇴근하는 그런 제도가 해병대에도 있는 것을 나는 입대하고 알았다.) 세수를 하고 있는데 옆에서 침을 뱉고 부딪치고 가는 것이었다. 난 그 친구의 행동을 지적했고 우린 서로 멱살을 잡게 됐다. 그러던 중 훈련 교관(DI)에게 발각되었는데 지금도 고마운 게 그 교관님이 일을 크게 만들지 않으시고 상황을 잘 통제하고 넘어가 주셨다.

두 번째 멱살은 수색대 지원 동기들과 진해에 체임버 테스트를 받으러 가는 날이었다. 우리를 인솔한 교관이 실수로 물을 안 챙겼고 우리는 그 더운 여름 물을 못 마시며 버스로 진해로 향했다. 목이 탄 우리는 휴게소 화장실에서 교관 몰래 수돗물을 벌컥벌컥 마셨다. 진해 해군기지에 도착하여 점심 식사를 하는데 그곳에서 수병이 물을 못 먹게 하는 것이었다. 내가 더 화가 난 건 그 수병이 우리 교관들(부사관)에게 함부로 대하듯 보이는 것이었다. 우리 교관들은 물을 좀 먹게 하면 안 되냐고 하는데 그 수병은 대들 듯이 안 된다고 고함을 첫다. 내가 성격이 조금 이상하기도 해서 그러면 더 하고 싶어진다. 그래서 난 당당히 걸어가 물을 마셨고 그 수병에게 멱살을 잡혔다. 교관이 와서 수병을 말렸고 나는 뚫어져라 그 수병만 쏘아 보았다. 지금 생각해 보면 이건 내가 잘못한 행동이다. 다행히 교관들도 더 이상 문제 삼지 않아서 잘 마무리됐다. 오히려 교관분들은 저 정도 성격은 있어야 수색대에서 잘 생활한다는 말을 주고받으며 웃기까지 하셨다. 신병교육대에서 애써주신 교관님들에게 감사하다는 말을 전하고 싶다.

신병 훈련소에서 동기들과 갈등도 생기지만 하루하루가 지날수록 정들고 헤어지기가 싫어진다. 동기들과 끝까지 군 생활을 하고 싶다는 생각마저도 들게 된다. 훈련을 수료하고 헤어지는 날은 모두가 눈물을 흘린다. 그만큼 힘든 상황 속에서 미운 정 고운 정이 드는 것이다.

 Jeong Daewon

07   신병교육대에 입소하던 날

너무나 더웠던 2006년 8월
나는 군대에 가게 되었다.

부모님과 할머니 그리고 여자친구가
함께 포항까지 와주었다.

해병대교육훈련단
ROKMC Education Group

그 자리가 어색해서
연병장으로 나오라는 방송에
가장 먼저 뛰어나갔다.

장염에 걸린 몸으로
포항까지 따라와 준
여자친구에게도 별다른 말없이
뛰어들어가 버렸다.

입대 장병 여러분은
뒤로 돌아
친지분들에게 절을
올립니다.!!!

뒤로 돌아섰더니
맨 뒷줄이 되어서
가족들은 보이지 않았고

절을 하던 순간에도
두려움과 슬픔보다는 아스팔트가
뜨겁다는 생각만 들었다.

뜨..뜨겁다

입대한지 2주 정도가 흘렀고

팔각모!
얼룩무늬!
바-다의 사나이!!

첫 번째 편지가 도착했다.
편지는 소등시간 직전에 나눠줘서
화장실에 가서 몰래 읽어야 했다.

네가 그렇게 뛰어가 버리고 나서

제대로 인사 못한 게 아쉬워서
따라갔는데 못 찾겠더라

자리로 돌아가 보니
할머니가 없어지셨다며
어머니 아버지가 난리가 나신거야

나도 할머니를 찾아 나섰는데
혼자 계신 할머니를 봤어.
 그런데...

할머니가 계신 곳에 서니까

네가 너무 잘 보이더라...

2006년 8월 그날 밤
포항훈련소 화장실에서 많이도 울었다.

이병은 소속된 곳의 문화를 바꾸어 나갈 수 있는
계급은 아니다.
그저 열심히 일하면서 소속된 곳의 일원으로서의
역할을 다하는 계급이었다.

PART 02

이병,
인생의 쓴맛을 보다

Kim Jiyang

01 동화교육,
해병대 수색대 2중대

동화교육 2~3일 정도는 본부중대의 1개 격실을 이용했다. 관리하는 간부가 없어지기만 하면 곳곳의 선임들이 드나들었다. 들어와서 무엇을 했겠는가. 격려나 응원은 기대도 하지 않았다. 그들은 온갖 협박 섞인 무용담을 쏟아냈다.

"불쌍하다. 니들 우얄래? 지금이라도 그냥 가라."

"수색교육 어떻게 받노, 죽었다 니들은. 쯧쯧."

"다시 하라믄 내는 몬한다."

"야~ 동화 교육생! 주먹 함 쥐바라~, (어리둥절 어쩔 줄 몰라 하며 주먹을 쥐었다.) 니 눈앞에 갖다 놔봐라. (눈앞에 가져갔다.) 보이나? 그게 니 상황인기라."

아무런 경험이 없었던 해병대 수색대 동화 교육생들은 오히려 담담해 보였다. 나 역시 빨리 수색교육을 받고 싶은 마음으로 가득했다. 실무 내무반의 어려움이야말로 해병대의 쓴맛이라는 것을 인지하지 못한 채 그저 훈련을 감당해낼 수 있다는 자신감으로 충만했던 것이다.

해병대 훈련병 시절에 수색 병과로 지원한 사람들은 별도의 테스트를 받았다. 수영 테스트와 체임버 테스트(고막 압력 테스트)였다. 특수 임무를 수행할 특수부대원을 뽑는 것이었기에 시력도 좋아야 했고, 체력 점수도 뛰어나야 했다. 나도 매주 토요일마다 실시했던 체력 테스트에서 좋은 성적을 거두려고 엄청나게 노력했었다. 다행히도 모든 과정을 통과했고, 나는 해병대 1사단 수색 2중대에 배치받게 되었다.

해병 특수수색대 1사단 수색대에는 동기 총 7명이 배치를 받았다. 꽤 많은 숫자였다. 그중에서 나는 Y 군과 함께 2중대에 배치받았다. (수색대는 소규모 군대로 분대 기준이 아니라 5명 안팎의 팀으로 구성이 되어 훈련을 받게 된다.) 동화 교육대에 있는 동안 밥 먹을 때 만나는 수많은 선임들의 눈빛은 훨씬 매서웠다. 동화교육 장소까지 찾아와서 불쌍하다는 둥, 네가 와서 자기가 이제 집으로 가게 되어 너무 행복하다고 하이파이브를 하자는 둥 별의별 소리를 다 하다가 돌아가던 병장들은 오히려 편한 상대였다.

　'짖는 개는 물지 않는다.'

　말없이 매서운 눈빛을 보냈던 선임들이야말로 우리가 넘어야 할 벽이었다. 사실 그때까지도 우리는 우리가 앞으로 맞이하게 될 군 생활에 대해서 조금도 상상하지 못했다. 그런데 그 시절 인지했던 분명한 소식은 해병대 수색대 내에서도 가장 자대 생활이 힘들다는 곳이 내가 배치받게 되는 2중대라는 것이었다. 그래도 좋았다. 그 당시에 내겐 꿈에 그리는 군 생활을 직접 확인해보고 싶은 마음이 더 컸던 것 같다. 지금 생각해 보면 그때의 자신감은 분명히 '근.자. 감(근거 없는 자신감)'이었던 것 같다. 그런데 살아가다 보니 때로는 그런 근.자.감이 삶에 필요하기도 하다. 괜히 잘 알지 못한다고 쉽게 포기하고, 도전하지 않기보다는 모르더라도 도전하고 직접 부딪혀 보는 경험이 젊은 우리에게 필요하지 않을까 싶다.

Kim Jiyang

02   욕먹는 고문관 VS 인정받는 이병

이병 땐 누가 누군지 구분도 되지 않는데 온갖 인계사항들이 쏟아졌다. 누구에게는 어떻게 경례를 하고, 누구에게는 어떻게 대답을 해야 하는지에 대한 인계사항이었다. 누가 누군지도 모르는 상황에서 전달받은 인계사항들은 결국 일명 '찐빠(실수)'로 이어졌다.

욕먹는 고문관과 인정받는 이병은 사실 큰 차이가 없다. 재수가 없으면 멀쩡하던 사람도 바보가 되기도 하는 곳이 군대이기 때문이다. 나는 나름 잘할 수 있을 거라고 자신했다. 나보다 어린 선임들이지만 충분히 잘 지낼 수 있다고 생각했다. 그런데 자대에서의 생활은 그리 쉽지가 않았다.

자대에서는 적응기를 주지 않는다. 그저 빨리 배우고 빨리 행동하는 자만이 살아남는 시스템인 것이다. 제 역할을 못할 경우에는 내 바로 윗선임부터 병장까지 줄줄이 털리는(힘들게 되는) 시스템이라 계급별로 주고받는 견제와 감시, 훈련이 보통이 아니었다.

1~2주가 지났을까, 내 나름대로는 적응을 잘한다고 생각하던 시절이었다. 잠은 하늘을 보며 깍지를 끼고 자야만 했었고, 밥을 먹을 때는 왼손은 차렷 자세로 오른손만 들어서 '포카락'으로 밥을 먹을 수 있었다. 항상 귀와 눈을 열고 내 할 일을 찾아야 했다. 이병끼리는 사적인 이야기를 할 수가 없었고, 한 명 있던 동기와는 눈길조차 주고받을 수 없었다. 얼굴이라도 한 번 쳐다봤다가는 난리가 났었다.

자대에 배치받던 첫 주에만 3~4명은 얼굴에 멍이 들었다. 그 멍의 출처는 아무도 알 수가 없었으나 멍의 근원은 항상 넘어졌다는 이유였다. 다만 내가 본 것은 매일 밤 자기 전 선임들이 사라졌다가 나타났다는 것이다. 그 이후 이병들에 대한 끊임없는 정신교육이 이어졌다. 특수부대에 제공되는 간식이 별도로 있었지만, 도무지 먹을 시간은 없었다. 간식이 남아있어도 욕을 먹고 아무 때나 먹어도 욕을 먹었다. 이병이라면 누구나 화장실에서 초코파이를 먹는 경험을 할 것이다. 흔히 TV에 나오는 장면을 보며 도대체 꼭 그래야만 하나 하고 생각했던 그 행동을 내가 하고 있었다. 행여 누군가에게 먹는 소리라도 들키면 난리가 났기에 조심스럽게 한 입에 해치우던 그 초코파이는 화장실 냄새와 상관없이 꿀맛이었다. 맛이 있었다기보다는 누군가의 눈을 피해서 먹던 그 행위에 더 큰 희열을 느꼈던 것은 아닐까 싶다.

이병 생활은 내가 다시는 해볼 수 없는 밑바닥 생활의 경험이었다. 벌레를 먹으라고 하면 먹는 시늉이라도 해야 했고, 청소도구 없이 화장실 변기를 닦으라고 하면 손바닥, 혓바닥 할 것 없이 닦는 시늉이라도 해야 했다. 분명 인간 이하의 대우였다. 그런데 난 항상 생각했다. 내가 언제 이런 생활을 해보겠냐고. 그래서 온전히 이병 생활에 젖어 들어서 열심히 하려고 노력했다. 욕은 평생 들었던 것보다 많이 얻어먹기도 하고, 얻어터지기도 했지만 내가 소속된 구성원으로서 할 수 있는 최대한의 노력을 했다.

이병으로 지내면서 나보다 잘하는 선임도 있었고, 나보다 못하는 후임도 있었다. 사람이 다 제각각이라 당연하면서도 어쩔 수 없는 일이었다. 그런데 안타깝게도 누군가가 눈 밖에 나서 관심의 대상이 되면 내 생활이 편해지고 있었고 어느새 그런 상황을 좋아하고 있는 나 자신을 발견했다. 나름 대학을 졸업하고 들어온 만큼 성숙한 군 생활을 하려고 했었는데 몸과 마음이 힘들다 보니 내가 편해지는 길을 즐기고 있었던 것이다. 한 치 앞도 보이지 않는 이병이었지만 내 삶을 돌아볼 잠깐동안의 시간이라도 가져보려고 했다. 이병에게는 사치스러운 시간이었지만 그것은 나를 지키기 위해 반드시 필요한 시간이었다.

　이병은 소속된 곳의 문화를 바꾸어 나갈 수 있는 계급은 아니다. 그저 열심히 일하면서 소속된 곳의 일원으로서의 역할을 다하는 계급이었다. 그렇지만 내게도 기회가 온다면 조금은 유연한 문화를 만들어 보고 싶다는 작은 씨앗을 마음속에 품곤 했다. 그 씨앗이 온전하게 싹 틔우고 자리 잡게 하지는 못할지라도 누구나 그런 씨앗을 마음속에 품는 것은 의미가 있지 않을까 싶다. 그런 작은 씨앗이 모이고 싹을 틔울 때 사회의 변화로 이어지지 않을까?

 Kim Jiyang

03 수색 기초교육, 꿀 같은 교육 기간

유난히도 바쁜 월요일이었다. 부대 내에서는 훈련 준비로, 나는 해병 수색 기초교육을 입교하는 날이기도 했다. 마음이 콩밭에 가 있으면 주변에선 금세 알아채는 법이다. 나도 그랬는지 정리 정돈을 하면서 내가 해야 할 일을 놓쳤다. 그것도 3번이나. 아마 정신이 나간 상태가 아니었을까 싶다.

상황은 이러했다. 병장 선임이 필요한 물건을 찾거나 사람을 찾는 목소리가 들렸는데 나는 재빨리 찾아 나서지 않고 아무 생각 없이 앉아서 정리 정돈만 하고 있었던 것이었다. 그래서 결국 일병 말호봉 선임에게 끌려갔다.

"여기 앉아봐라!" (퍽!)

아주 짧은 시간 내에 내 동기도 바로 내 옆으로 소집을 당했다.

"내가 봤다. (퍽!) 한 번도 아니라 세 번이다." (퍽!)

"귓구멍이 열렸나? 니 미친나?" (퍽!)

군홧발로 차이고 온갖 욕을 먹으니 정신이 번쩍 들었다. 분명히 내 정신이 제정신이 아니었다는 생각이 들었다. 내가 미쳤지, 내가 미쳤지라고 생각했다. 그런데 하늘이 두 쪽이 나도 솟아날 구멍은 있다더니 그때 구원의 음성이 내게 들렸다.

"수색 기초교육 입교자는 지금 바로 꽃봉 들고 상황실 앞으로 집합해라!"

분명히 들렸다. 또렷하게 들렸다. 나는 살았다. ㅋㅋㅋ 분명하게 들렸지만 웃을 수도, 안도의 한숨을 쉴 수도, 들은 척도 할 수 없었다. 그저 가보라는 선임의 말을 조용히 기다렸다. 가보라는 선임의 말이 떨어지기 무섭게 '꽃봉'을 메고 나갔다. 꽃봉을 들고 나가는 나를 보며 갔다 와서 보자던 선임의 말은 내 귀에 들어오지도 않았다. 집합한 상태에서 내 동기는 나를 보며 키득거리며 "운 좋네."라고 웃으며 말했다. 이병 시절 동기들은 서로가 처한 어려운 상황을 보면서 어떤 도움조차도 줄 수 없는 관계였다. 다만 몰래 나누는 눈빛만으로도 서로에게 위로가 되었다. 분명히 말로 하지 않았지만 충분한 위로가 되었다.

돌이켜 생각해 보면 사람 관계란 그런 게 아닌가 싶다. 온갖 미사여구를 붙이지 않아도 위로가 되기도 하고, 온갖 미사여구로 포장을 해도 화가 나는 상황이 있으니 말이다. 가끔 우리는 구체적인 말이나 행동이 아니어도 누군가에게 멸시와 비난과 화를 표현하곤 한다. 보이지 않고, 들리지도 않는 작은 말과 행동이 얼마나 우리 삶을 힘들게 하던가? 말과 행동이라는 것은 하면 할 수로 더 어렵고 조심해야 한다는 것을 깨닫게 되었다. 그리고 누군가에겐 힘이 될 수도 있다는 것도 뼈저리게 느꼈다. 그렇게 우리는 작은 눈빛을 나누며 이병 생활을 이겨내고 있었다.

수색 기초교육에선 수영과 구보 등 기초체력이 주가 된 교육을 주로 받았다. 사실 수색 기초교육은 그다지 기억에 인상 깊게 남아 있지 않다. 우리의 목표는 수색 전문교육이었기에 그 정도의 훈련은 '꿀'과 같았다. 실무의 쓴맛을 잠시나마 맛보고 나왔던지라 훈련은 휴가나 다름없었다. 물론 그 당시엔 죽을 똥, 살 똥 했겠지만 말이다.

Kim Seokjin

04 수색 기초교육, 꿀 같지만은 않다

　　동기의 글을 보다가 수색 기초교육의 추억을 떠올려 봤다. 재미있는 추억이 떠올라 써 봐야겠단 생각에 글을 쓴다. 그 당시 우리는 오랜만에 근접 기수, 특히나 동기들과 생활할 수 있다는 게 정말 좋았다. 우리는 그동안 선임들 눈치에 억눌려 서로 얘기도 나눌 수 없었기에 기초교육 동안은 그동안 못한 얘기를 나누며 즐거운 시간을 보냈다. 그러나 교육이 편하기만 한 것은 아니었다.

　수색교육대에서 해군 6전단까지 구보. 생각보다 길다. 약 5km 이상 되는 것 같다. 한참을 달려야 도착할 수 있었다. 그러고는 또 계속되는 PT 체조. 정말 좋은 운동이긴 한데 이때는 왠지 혹사당하는 느낌이었다. 체조가 끝나면 본격적으로 수영장 뺑뺑이가 시작되고 지칠 때쯤이면 장거리 수영 중 할 수 있는 휴식 자세, 전투복을 임시

튜브처럼 만들어서 이용하는 생존 수영, 물속에서 다리에 쥐가 났을 때 대처법 등을 훈련받았는데 그중 가장 기억 남는 건 입영이다. 대부분의 대원들이 수영은 웬만큼 했다. 그런데 입영을 잘하는 대원은 많지 않았다. 입대 전 라이프가드를 취득하고 입대한 대원들은 여유 있게 했지만, 수영을 아주 잘하면서도 입영은 못하는 이들도 있었다. 본인도 입영의 경험은 별로 없었다.

교관이 갑자기 오늘은 입영을 해 볼 거라고 했다. 속으로 '망했다.'고 생각했다. 해 본 적이 없다. '친절히 잘 가르쳐 주시겠지?' 하는 말도 안 되는 생각을 하고 있었는데,

"조교 시범 보여~!"

하는 것이다.

'음~. 잘 안 보이지만 저렇게 하는 거구나.'

하는 생각이 끝나기도 전에 "입수!"라는 소리가 들렸다. 반사적으로 입수를 했고 오와 열을 맞췄다. 그리고 태어나서 입영이란 걸 5M 풀에서 처음 해봤다. 교관은 끊임없이 오와 열을 강조했고 심지어 군가까지 시켰다. 시간이 조금씩 지나면서 군가가 물먹으며 부르는 소리로 들려오고 (본인도 먹고 있었다.) 조금씩 아수라장이 되어가고 있었다. 옆 교육생을 발로 차게 되는 경우도 있고 누군가 내 어깨를 누르기도 했다. 어떤 교육생이 버티다 못해 앞으로 수영해 벽을 잡자

교관이 조교에게 눈빛을 보냈고 그 교육생은 조교와 함께 잠수를 하더니 이윽고 살려달라는 소리가 들려왔다. 보다가 실망했는지 교관이 퇴수 명령을 했다.

난 또 속으로 '밖에서 다시 알려주고 연습하다 해보겠지?' 이런 희망을 가졌는데 올라가자마자 우리의 머리는 바로 바닥으로 향하고 머리와 목 근육 단련을 하게 됐다. 그리고 다시 바로 입수, 그날은 악몽이었다. 우리는 복귀 후 잘하는 교육생에게 여러 동작과 요령을 배우고 내일을 기다렸다. 그런데 신기하게도, 그 다음날은 거의 전원이 10분을 해냈다. 그랬더니 이제 손들라고 그러시네…….

이때 또 깨달은 것은, 역시 긍정적인 스트레스는 사람을 발전시킨다는 것이다. 분명 바로 하루 전에도 안 되던 것이 집중하고 할 수 있단 생각을 하니 되는 것이다. 지금은 웃으며 글을 쓰지만, 그날은 정말 힘든 하루였다. 그래도 기초교육은 받을 만했고 우리는 쉬는 시간 동기들과 꿀 같은 시간을 보낼 수 있었다. 비록 이병을 기다리고 있는 부대가 저 멀리 보이긴 했지만, 그때만큼은 행복한 시간이었다.

05   침상을 타다

　　스쿠버, 수영, IBS 고무보트 훈련 등 바다에서의 활동과 산에서 숨어서 다녀야 하는 해병 특수수색대의 임무 특성상 각종 장구류와 물건이 더러워지는 경우가 많았다. 그래서 온갖 더러움을 동반하지만 모든 생활관은 청결을 유지해야 했다. 그래서 청소는 굉장히 잘해야 했다. 안 그랬다가는 모래가 서걱서걱하는 침상에서 자야 하고, 모래가 밟히는 복도를 걸어 다녀야 하기 때문이다. 병장이 되면 작은 모래, 먼지도 보기가 싫은지 꼭 한마디씩 해서 후임병들을 힘들게 하곤 했다.

　　청소는 체계가 잘 잡혀있다. 계급별로 살펴보면 이렇다. 이병은 침상을 '탄다'. 침상을 닦는 것이 아니다. 각종 모래와 먼지를 떨어내기에 침상을 탄다고들 했다. "청소 시작해라."라는 상병 말호봉의 말에 "옛, 알겠습니다."라는 큰 구령과 함께 순검 청소가 시작된다.

　이병: 체스터(관물대)의 먼지 제거를 실시한다. 눈 깜짝할 사이에 먼지 제거를 끝낸다. 여기까지 걸리는 시간은 최소화해야 한다. 그 후 바로 침상을 타야 한다. 보이지 않는 손, 침상 끝에서 먼지 떨어지는 소리가 둔탁하면서도 일정한 흐름으로 이어져야 한다. 이 모든 과정을 지켜보는 선임이 있었다. 조금이라도 힘이 빠져 속도가 느려지면 가차 없는 온갖 질타와 욕설이 시작된다. 심한 경우에는 그 이상의 행동들도 오가곤 했다. 혹여 이병들이 작업원으로 뽑혀 자리가 비거나 휴가라도 나갔다면 10개 이상의 침상을 혼자 타야 하는 상황이 생길 수도 있다. 그런 날은 겨울이라 하더라도 미리 반소매, 반바지 차림으로 청소를 준비해야 한다. 여름보다 더 심한 구슬땀이 쏟아지기 때문이었다.

　이병 시절, 청소하던 하루를 떠올려본다.

"야, 이 ○○야! 더 빨리 못해?"
"편하냐? 거북이냐? 어떻게 하길래 땀도 안 나냐?", "○○는 벌써 끝났다, 이 느림보 ○○야!"

악의가 없는 걸 알기에 늘상 쏟아지던 욕 세례를 마음에 담아둔 적은 없다. 그저 단순하게도 그 소리를 들으며 ??더 빨리해야지!??라는 생각만 했다. 보통 바로 윗선임이나 가까운 기수에 생활지수가 높은 사람이 있는 후임들은 칭찬을 듣기가 힘들다. 내가 그랬다. 맞선임이 뭐든 잘하는 사람이라 욕먹기 딱 좋았다. 그래서 가끔 듣는 칭찬 한마디가 그렇게 행복할 수 없었다. 흐르는 땀을 마음대로 닦을 수도 없는 이병이었지만 짧은 시간 내에 그렇게 많은 일을 해내면서 그동안 집 안 구석구석 청소하지 못한 불효를 떠올리기도 하였다. 이런 마음으로 집안일을 했더라면 가족들이 얼마나 좋았을까? 어머니께 얼마나 도움이 되었을까? 하는 생각이 들었다.

일병: 일병의 기본 청소 역할은 빗자루이다. 빗자루질도 요령이 있다. 절대 먼지가 나서는 안 되며 적절한 속도가 필요했다. 침상을 타는 이병에게만 들리는 작은 목소리로 적절한 욕을 겸비한 채근을 겸해야 했다. 일병 말호봉은 청소 시작과 함께 화장실로 달려간다. 온갖 변기와 구석구석을 비누칠 한다. 물과 함께 하는 청소라 덥지 않다는 이점이 있지만, 변기를 내 손으로 직접 닦는다. 똥이 묻든, 지린내가 진동을 하든 아랑곳하지 않고 깨끗하게 해내야 한다. 그러나 침상을 타지 않는 것만으로도 만족할 수 있었다. 침상을 타며 고생하는 것보다는 차라리 시원한 물을 맞으며 하는 화장실 청소가 낫다. 군대에서는 작은 것에도 감사하고, 행복하고,

즐거워할 수 있었다.

상병: 마대 2개를 겹쳐서 바닥을 닦는다. 일병과 이병을 감시하며 온갖 잔소리를 하는 것은 상병의 몫이다. 바닥을 닦는 것은 비교적 쉬운 일이라 여유 있게 청소를 마친다. 상병 5호봉이 되면 청소가 열외다. 물론 상병 말호봉에는 '상말'이라는 직책으로 구석구석에서 일어나는 모든 일에 관여하고 관리하는 역할이 주어지지만 한 달간의 마지막 어려움을 이겨내면 병장이라는 군 인생의 황금기를 맞이하게 된다.

병장: 청소하는 시간에 조용히 자리를 피해준다. 담배를 피우거나 운동을 하기도 한다. 병장의 역할이라면 더러운 곳을 보거나 제대로 못하는 후임병을 보더라도 눈감아주는 것이 아닐까 싶다. 지나가는 말이라도 청소상태가 어떻다는 둥, 누가 느리다는 둥 농담 삼아 한 마디라도 하는 날이면 순검 이후 잠깐의 휴식도 없이 줄초상이 일어나곤 했다. 그래서 그런 모습을 보며 윗사람이 되었을 때는 어떻게 처신을 해야 하는지에 대해서도 생각할 수 있었다.

모두가 제 역할을 다 해내는 평화로운 날이면 순검 이후 잠깐의 휴식 시간이 허락된다. 계급에 따라서는 할 수 있는 것들의 범위가 다르지만 말이다. 보통은 평화로이 조용히 지나가는 날은 극히 드물었다. 덕분에 하루하루 시간이 잘 갔다. 정신없이 바쁠 때 시간이 잘 가는 법이다.

 Kim Jiyang

06 이병에게 주말이란?

꿀 같은 주말. 남는 시간은 이병에게 오히려 독이기도 했다. 할 수 있는 것은 없는데 시간이 주어지는 것이다. 때로는 다른 중대와 축구 시합을 하기도 한다. 전쟁 같은 축구 시합에 차출이 되면 그렇게 힘들 수가 없다. 잘하면 본전이고, 우리 팀이 이기면 다행이지만 지거나 실수를 하는 날이면 주말이 악몽이 되기도 했다. 그래서 뭐든 잘하는 것보다 조금은 못하는 척을 해야 편하기도 하다. 그러면 축구를 안 할 수도 있기 때문이다.

우연히 축구팀에 차출된 어느 날, 나는 열심히 뛰었다. 경기가 끝나고 병장 선임이 웃으며,

"지양이~, 제법인데?"

라고 하는 순간 나는 이제 지옥이 올 수도 있겠다는 것을 예감했다.

아니나 다를까? 그 다음 주에는 본 실력이 나왔던 것일까 우물쭈물하던 몇 번의 실수에

"야, 이 ○○야. 니 지금 뭐 하는데? 정신 안 차리나?"

라는 소리와 함께 주눅이 들어 한없이 작아지는 내 모습을 볼 수 있었다. 실컷 욕을 얻어먹은 그날 이후로 병장이 될 때까지 축구는 하지 않았다. 그런데 신기한 것은 병장이 되면 다시 축구가 하고 싶어지더라는 것이다. 사람에게 주어지는 자유는 참 소중한 것이다.

이병은 전화도 편하게 할 수도 없었고 편지도 마음대로 쓸 수 없었다. 병장 선임이 쓰라고 얘기라도 해주면 쓸 수 있었다. 그래서 후임병이 필요로 하는 것을 눈빛으로 알아차리고 이야기해주는 선임들이 그렇게 위대해 보일 수가 없었다. 사회에서도 나이가 들수록 말은 줄이고 지갑을 열라고 했던가? 군대에서도 선임병에겐 긍정적인 말이 필요했고, 후임병의 마음을 알아주고 무언가 할 수 있도록 이야기해주는 것이 필요했다.

근무하던 곳에는 사용할 수 있는 전화기가 두 대가 있었는데 툭하면 망가져서 하나만 되는 경우가 태반이었다. 선임들이 전화할 때 뒤에 서 있었다가는 욕을 먹었고 전화를 하는데 쳐다보거나 왔다 갔

다 하기만 해도 욕을 먹었다. 어떤 선임도 전화를 하지 않으며 전화기가 비어 있는 주말 휴식 시간에나 전화가 가능한 것이었다. 그런 날은 매주 오지 않았다.

아주 가끔, 상부 지시로 계급별로 컴퓨터를 이용할 수 있기도 했는데 잠깐 동안 친구들의 소식을 인터넷으로 보는 날이면 그렇게 행복할 수가 없었다. 그 시절 유행했던 커뮤니티는 '싸이○○'였던 것 같다. 그 커뮤니티는 추억의 한 편으로 사라지고 없다.

할 수 있는 것들이 많은 병장에게는 시간이 부족한 법이지만 할 수 있는 것이 없는 이병에게는 시간이든 여유든 모두 그림의 떡이었다. 우리의 삶도 그렇지 않나 싶다. 하루 먹고살기가 힘든 사람들에게 취미가 다 뭐란 말인가? 그래서 사회에 나가면 힘든 삶을 살아가는 이들을 조금이라도 둘러보며 살아야 하겠다는 생각을 하곤 했다.

Kim Jiyang

07   멋진 바닷가에서의 근무

포항 도구 해안에 위치한 부대. 바다 왼편으로는 포스코의 공장들이 늘어서 있었다. 밤에 야간근무를 설 때 보는 야경은 굉장히 아름다웠다. 물론 야경을 즐길 수 있으려면 근무에서 선임병으로 들어갔을 때에나 가능한 일이었다. 2인 1조로 서는 근무는 운이 좋으면 어려운 과업을 피하는 기회가 되기도 했지만, 운이 좋지 않은 날이면 새벽 2~4시 근무를 서면서 잠을 제대로 잘 수 없게 되기도 했다. 같이 들어가는 선임병에 따라서 하루종~일 근심거리가 되기도 했고, 좋은 선임병과 함께 하는 날이면 하루종~일 편한 마음으로 생활하기도 했다.

새벽 근무자는 자다가 30분 전에 일어나 근무 준비를 한다. 복도 실내의 상황실 근무자가 새벽 근무자를 깨우러 온다. 이병, 일병 시절에는 상황실 근무자가 깨우러 걸어오는 발소리에도 일어나곤 했다. 상황실 근무자는 상병 이상의 선임이었기 때문에 긴장하지 않을 수 없었다. 문을 열고 깨우면 곧장 일어나서 경례를 하는 것이 일반적인 모습인데 선임의 발소리에도 일어나 선임이 문을 열고 들어서자마자 제자리에서 벌떡 일어나, 큰 소리는 아니더라도 절도 있는 경례(같이 자고 있는 선임들이 깨지 않아야 했기에)를 하는 정도가 되어야

"ㅇㅇ이, 기합인데?"

라는 소리와 함께 웃음 짓고 나가는 선임을 볼 수 있었다. 정신력이 육체적 어려움을 극복할 수 있는 것을 경험하는 시간이었다. 시계가 따로 필요 없었다.

지금 나는 어떤 사람일까 생각해 본다. 선배에게든, 후배에게든 과연 좋은 사람일까? 누군가에게는 불편한 사람은 아닐까 하는 생각을 하곤 한다. 모든 사람에게 좋은 사람일 수는 없겠지만 적어도 피하고 싶은 사람만은 아니었으면 좋겠다 싶다. 그래도 그 시기에 좋아하는 바다를 바라볼 수 있었고, 포스코의 야경을 바라볼 수 있는 야간근무가 좋기도 했다. 지금도 가끔은 야간근무를 서던 그 장소에

가서 바다와 야경을 바라보고 싶은 것을 보면 어느새 소중한 추억의 장소가 된 것 같다.

'지금 그 초소의 근무 풍경은 어떻게 변했을까?'

Kim Jiyang

08   정신교육

　　군대에서 가장 중요하면서도 힘든 것을 들자면 정신교육이다. 정신교육은 육체적 힘듦과는 다른 종류의 어려움이다. '왜 우리가 이러한 어렵고 힘든 상황을 참아야 하는가?', '우리가 경험하는 모든 훈련, 생활은 어떤 의미가 있는가?'에 대한 이야기부터 각종 군가 교육, 취침 교육, 식사교육 등 모든 생활교육을 정신교육을 통해서 실시한다. 이러한 정신교육은 주로 일병들이 이병들을 대상으로 한다. 정신교육을 통해서 사회에서 가지고 있던 습관과 생각들을 모두 변화시켜 군인이 되도록 하는 교육을 하는 것이다. 어찌 보면 세뇌 교육이라는 측면이 있기도 하지만 군대라는 특수한 목적이 있는 곳이기 때문에 필요한 과정이기도 하다.

군대뿐 아니라 직장 생활에서도 업무 선임자가 후임자에게 그런 역할을 하게 된다. 군대에서는 사회에서보다 더 위계질서가 잡힌 공간에서 계급 차이를 두고 이루어졌기에 사회에서의 교육보다는 당연히 훨씬 힘들었다.

늘 듣던 시작 레퍼토리로는 이런 것들이 있었다.

"선임 때는 말이야, 나 때는 말이야~~~",
"지금은 편한 거야.~~~"
"군대 좋아졌지~~." 등

때로는 상황과 사람에 따라 구타와 욕설로 시작되기도 하였다.

그렇다고 군대에 낭만이 없는 것은 아니다. 가끔은 정신교육을 핑계로 선후임이 함께 이야기를 나누며 서로의 힘듦을 이해하는 시간이 있기도 했다. 그런 관계는 제대 후 사회로도 이어져 평생을 함께하는 관계로 발전하기도 한다. 다들 군대에서의 인간관계는 딱딱하게만 생각하는데 요즘은 많은 유연해지고 있고, 서로의 개성도 많이 인정하기도 해서 사회에 나가기에 앞서 다양한 인간관계를 경험하는 계기가 된다. 그런 시간을 통해서 관계를 넘어 나를 돌아보게 되는 것이다.

Kim Jiyang

09   집합 문화

내 또래, 혹은 내 선배들은 학창 시절 단체 기합을 한번씩은 받아 보았을 것이다. 수련회를 가면 단 한 명의 신발이 방 현관에 정리가 안 되어 있는 경우 그 방의 학생들은 모조리 투명의자에 앉아야 했고, 학교에서도 종종, 그런 비슷한 일은 발생하고는 했다. 한 명이 잡담을 하면 반의 모든 학생들이 손머리를 하는, 그런 상황. 연대 책임이 가장 빈번히 일어나는 곳이 바로 군대일 것이다.

때로는 나의 실수로, 때로는 선임, 혹은 후임의 실수로 집합을 당한다. 집합은 한 내무실에 저계급장들을 모아놓고 이루어지는 집합 교육이었다. 심각한 사안의 경우에는 소수의 인원을 보급 창고로 부르기도 한다.

'왜 내가 저지른 일도 아닌데 함께 욕을 먹어야 할까?'

때로는 이런 생각을 하곤 했다. 함께 받는 정신교육은 필요하기도 하지만 한 명의 잘못을 추궁하는 집합 문화는 좀 다른 것 같다. 보통 본인의 실수로 집합을 당하면 더 잘하게 되기보다 오히려 위축되는 경우가 많았기 때문이다.

가끔 취침 점호 이후에 불이 꺼진 상태에서 이루어지기도 했고, 어두운 보급 창고로 끌려가기도 했다. 간부들의 눈을 의식한 선임들은 방으로 조용히 다니며 온갖 정신교육을 하는 동안 자리에 누워서 고개를 들고 있으라고 했다. 하루 종일 온갖 작업과 훈련으로 피로해진 몸과 마음이었기에 누워서 고개를 들고 정신교육을 받는 것은 힘든 훈련 중에 받는 얼차려보다도 더 고역스럽게 느껴지기도 했다.

"대ㅇ리 들어! 더 들어! 누워있으니까 편하지?"

최근 우리사회에는 개인의 개성을 최대한 존중하는 문화를 만들어나가면서 집합 문화는 이해하기 힘든 문화가 되었다. 잘못을 하지 않은 학생들까지 불합리하게 기합을 받거나 벌을 받는 학교 문화도 사라진 지 오래다. 함께 하긴 했으나 서로를 믿고 의지하지 못했던 그 집합문화는 군대에서 경험한 문화 중 좋지 않은 문화였다. 우리에겐 부족하고 어려울수록 서로를 지지하고 응원하며 서로에게 힘이 되어 주는 문화가 필요하다. 최고 선임은 후임들의 작은 실수를 눈감을 줄 알고, 편해지려고 하기보다는 '서번트 리더십'을 발휘하고, 중간의 입장에선 중간리더쉽을 발휘하여 부족한 후임들을 이해하며 선임들을 잘 받들고, 후임은 자신이 맡은 일을 최선을 다해야 한다. 그러면서도 상명하복의 상하 관계에만 머무르지 않고 수평적 사고도 함께 할 수 있는 문화가 군대에서도 필요할 것이다. 함께 훈련하며 보았던 미군들의 모습에서 그런 문화를 조금이나마 엿볼 수 있었다. 우리의 군대 문화도 조금씩 바뀌어 간다면 군대의 문화뿐 아니라 우리 사회에도 긍정적인 영향을 미칠 것이다.

Kim Seokjin

10   몇 다리 건너면 다 아는 사람?

이병 때다. 우리 기수는 운이 없게도 부대에 배치됐을 때 바로 수색교육을 받지 못했다. 우리보다 2기수 빠른 선임까지 수색교육을 받는 중이었고 우리는 다음해쯤이나 받을 수 있었다. 부대에서 열심히 막내 생활을 하고 있는데 수색교육을 마치고 선임들이 복귀했다. 허허허~ 선임들이 늘어났다. 다시 또 어색하고 난감하다. 특히나 2기수 위 선임들은 신병 교육을 마치고 바로 수색교육을 받은 거라 부대에 처음 배치되는 것이었다. 심지어 처음에는 후임인 줄 알았다. 알고 보니 선임이란다. 그 선임들도 어색하고 우리도 어색하다. 오히려 우리에게 부대에 대해서 물어본다. 우리도 잘 모른다. 그냥 맘속으론 당신들이 후임이면 좋겠단 생각만 들 뿐이다.

하루는 작업할 게 있어서 장비 창고 쪽에 가 있던 날이었다. 나와 그 문제의 2기수 선임들과 얘기를 나눌 기회가 있었는데(이병들끼리는 사담을 나눌 수 없었다……) 뭐 처음에 다 그렇지만 쉽게 물어볼 수 있는 화두를 꺼내 본다.

"어디 살아?"

"음 저 어디서 살다 왔습니다~"

그러던 중에 한 선임이 물어본다.

"어! 그러면 OOO 알아?", (잉? 네가 내 중고등학교 동창을 어찌 알지?)

"동창입니다"

"와~ 나랑 엄청 친한 형인데~"

이런 간단한 대화 후 우리는 엄청 가깝게 지냈다. 아쉽게도 그 선임은 다른 중대로 갔지만 전역해서도 꾸준히 만나고 지금은 형 동생 하면서 지낸다. 물론 내가 형이다 ㅎㅎㅎ. 그 동생도 전역하고 참 열심히 살았다. 가끔은 내가 부끄러워질 정도로 열심히 사는 동생이(선임이^^) 참 맘에 들고 대견해 보였다. 우리는 서로 통하는 게 많아 자주는 아니지만 한 번씩 꾸준히 만나고 지금도 연락을 주고받는다.

재미있는 건 내 친구가 전역한 지 얼마 안 돼서 내가 입대를 했는데 그 친구도 학교는 달랐지만 법대를 다니다 입대했었다. 그래서 그런지 내가 법학과를 다니다 왔다고 하면 그 친구를 묻는 사람들이 있었다. 그러면 나는 "친구입니다." 그러면 많이 놀라는 눈치였다. 하지만 웬걸, 그 친구가 좀 악랄했었나 보다. 선임들이 인상을 마구 쓴다. 그 친구가 몸담았던 중대에 배치를 안 받아서 다행이었다. 나한테는 친구지만 다른 사람들에겐 힘든 선임이었단 게 참 웃기기도 하지만 내가 한참 용돈벌이하려고 방학 때 막노동을 하던 중에 받았던 그 녀석 전화가 생각났다. 자기 수색대에 선발됐다고 걸려온 전화가 엊그제였는데 벌써 전역이라니……. 그저 부러울 따름이었다. 역시 남의 군 생활은 눈 깜짝할 사이에 끝난다. 이건 진리다.

근데 또 하나의 진리는 본인의 군 생활은 시간이 정말 안 간다는 것이다. 특히나 하위계급일 때는 더더욱 안 간다. 지금은 많이 줄어들긴 했지만 입대하는 이들에겐 다 길게 느껴질 것이다. 나의 아버지 시절엔 3년이었다고 하신다. 그래서 내가 한 군 생활 2년이 짧았을까? 그렇지 않다. 그렇지만 지나고 보면 아무것도 아니다. 여러분도 그럴 것이다. 그러니 즐겁게 입대하자! 앞으로 펼쳐질 재미있는 군 생활을 위해! 그리고 전국 각지의 새로운 사람들과의 만남을 위해!

휴가 이야기 ①

Jeong Daewon

"휴가복은 왜 입었는데?"

　　개인적으로 이 글을 쓰며 '병사 보안'에 위반되는 일이 드러나는 것을 걱정했다. 이 보안이라 함은 군사 기밀이 아니라 뉴스로도 몇 번 회자가 되었던 악습에 관련된 일이다. 이런 글들이 정보가 되어 현역 병사들이 피해를 받을까 걱정이긴 하다. 그 당시 행해졌던 많은 구타, 악습을 미화하고 싶은 생각은 없다. 물론 이제는 많이 없어지거나 약화되었다고 생각이 들어 내가 재미있다고 생각했던 '고향 앞으로'라는 문화를 소개하려고 한다.

"정대원이 자나? 집에 가야지~!"
"이.. 이병 정대원!!"

후임은 선임을 깨울 때 몸을 흔들어 깨울 수 없었다. 그런데 선임들도 후임을 깨울 때 몸을 흔들어 깨우지 않는다. 처음에만. 속삭이듯이 이름을 부르는데 벌떡 일어나지 않으면 가차 없이 구타가 가해지던 시절이었다. 군에 입대해서 120일 만에 처음 나가는 '위로 휴가' 출발을 10시간 앞둔 자정이었다.

"아냐 아냐 누워있어. 대원이 집에 뭐 타고 갈 거야?"

선임에게는 누워서 대답할 수 없었기에 자리에 앉으려 하자 선임은 너무나도 다정한 목소리로 말한다.

"아니야, 지금부터 누워서 대답해도 괜찮아. 해 뜰 때까지……."

도대체 이런 문화가 어디서 생겼는지는 모르겠다. '고향 앞으로'는 첫 휴가를 앞둔 신병에게 밤새 얼차려를 주는 문화였다. 비행기를 타고 가겠다고 하면 비행기에 불이 나면 큰일이니 탈출 훈련을 해야 한다며 배에 철모를 깔고 스카이다이빙을 하는 포즈를 하게 했다. 자전거를 타고 가겠다고 하면 누워서 허공에 자전거 페달을 돌리듯 다리를 움직여야 했다.

새벽 2시에 선임도 잠을 자야 했기에 교대를 했다. 새벽 2~4시 타임은 더욱 가혹했다. 그중 하이라이트는 홀딱 벗은 상태로 성기를 포함한 온몸에 맨소래담(바르는 파스)을 듬뿍 뿌리고 발라서 없애라고 했다. 정말 온몸(?)에 불이 나는 것 같았다. 그리고 귀경길에 화생방 상황이 일어날 수 있다며 양손 가득 맨소래담을 짜주더니 얼굴에도 바르라고 하더니 방독면을 씌웠다. 홀딱 벗고 온몸에 맨소래담을 바르고 방독면을 쓴 채 침상에 누워서 공중 발차기를 하고 있는 모습이 상상이 가는가? 얼굴이 얼마나 따갑던지 화장실에 다녀온다며 자리를 비운 선임 눈을 피해 건조하지 말라고 바닥에 뿌려둔 물을 손으로 훔쳐 얼굴을 몰래 닦았다. 새벽 5시에는 잠을 재워줬는지 정신을 차리고 보니 기상 시간이었다.

"OO아, 위로 휴가자들 준비시켜라. 아이고, 파스 냄새. 거하게 했구먼."

본디 막내는 눈을 뜨면 본인 침구류를 잽싸게 정리하며 병장 눈치를 봐야 한다. 병장이 일어나면 본인 것보다 병장 침구류를 먼저 정리해야 했는데 이날은 웬걸 눈을 뜨자마자 침구류도 그냥 두고 가서 샤워를 하라는 것이다. 평소 오이 비누만을 이용해서 씻었는데 샤워 바구니에는 샴푸, 샤워젤, 보디로션까지 준비가 되어있었다. 샤워를 마치고 자리로 돌아오니 내 자리에는 밤새 일병 선임이 혼을 담아 다림질한 휴가복이 준비되어 있었다. 즉 소대에 첫 휴가자가 나오면 그날은 상병은 교대해가며 밤새 기합을 줘야 했고 옆 휴게실에서는 일병이 밤을 새워가며 휴가복을 다림질해야 했다. 그리고 그 휴가 복장은 소대 최고 선임에게 검사를 받아야 했다.

"뭐해? 침상 위로 올라와."

상병 선임들은 옷을 입혀줬다. 워커를 신겨줬다. 바지가 구겨진다며 겨드랑이에 손을 끼워 바닥으로 내려줬다. 중간중간 옆 소대 선임들이 오며 만 원짜리 하나씩 쥐여 주며 잘 다녀오라고 인사했다.

"대원이 어디 가냐?"
"잘 모르겠습니다."
"휴가복은 왜 입었는데?"
"잘 모르겠습니다."

선임이 물어볼 때 모르는 것이 생기면 "알아보겠습니다!"라고 대답하는 것이 규칙이었다. 그런데 휴가와 관련해서는 언제나 "잘 모르겠다."라고 대답해야 했다. 군 입대하는 날부터 손꼽아 온 휴가 날 휴가복을 입고 있는데 어디 가냐는 질문에 나는 "잘 모르겠습니다."라고 대답해야 했다.

Military Life Mentoring

일병 수색교육대 지옥 주 때는
워커를 벗지 못한다. 워커만 못 벗는 것이 아니라
전투복도 못 벗고 따로 생리현상을
해결할 시간 같은 것도 없다.

PART 03

일병,
진정한 해병
특수수색대원으로의
한 걸음

01 　일 복 많은 일병

　　이병을 데리고 작은 일들을 처리하는 일명 전천후 일병. 해병대 수색대는 훈련이 많은 부대라 훈련 후 나오는 온갖 종류의 장구류(배낭 세트, 스쿠버 장비, 보트 장비 등 상상을 초월하는 장비들이 많았다.)를 정리하는 것이 주로 일병이 맡는 일이었다. 훈련 중에 밥을 하거나 무거운 짐을 지는 것도 모두 일병의 몫이다. 그런 와중에도 이병들을 가르치고 적응을 할 수 있도록 도와주어야 했다. 같이 일을 하면서 알려주고 정신교육도 함께 해야 했다.

　가끔 일병 말 호봉이 되면서 어느 정도 중간 역할을 담당하게 되면 후임병들을 힘들게 하는 경우가 생기기도 한다. 우리는 그들을 '일말'이라고 불렀다. 직장 생활에서도 그렇듯 일병이 되면 이병이 이해가 안 되고, 자기 때는 안 그랬는데 지금은 편해졌다는 말만 늘어

놓게 된다. 그래서 해병대 명언 중에는 이런 말이 있다.

'해병대는 2기부터 흘렀다.'

가장 많이 들었던 말은

"나 때는 안 그랬다. 지금은 많이 편해졌다. "

할 수 있는 일들이 늘어난 만큼, 그만큼의 책임감이 뒤따랐다. 아직 중간도 되지 않는 위치이기에 어딜 가나 눈치가 보이는 계급임에도 훈련 준비와 마무리, 후임병 교육, 각종 작업 등 눈에 보이지 않는 굵직한 일들을 해야 했다. 가끔 자려고 누워서 하루 동안 했던 일을 떠올려 보면, 나 스스로도 대단한 하루였구나 하고 생각하는 날도 많았다.

'지금 난 스스로 인정하는 하루하루를 살아가고 있을까?'

Kim Jiyang

02　대관령 동계훈련

　　군대에 다녀온 사람들이라면 혹한기 훈련의 어려움에 대해서 생생하게 기억하곤 한다. 우리 부대는 겨울이면 온갖 짐을 다 싸 들고 대관령으로 올라갔다. UDT, 특전사 대테러 707 부대도 훈련하는 대관령에 올라가서 혹한기 훈련, 스키 훈련, 마지막으로 천리행군으로 포항 부대로 복귀하는 과정의 훈련을 하였다. 여름은 뜨거운 바다가 있는 포항을, 겨울은 혹한의 대관령을 경험하는 더할 수 없는 기쁨이었다.

　대관령 동계훈련은 3주간의 스키 훈련, 1주간의 혹한기 야전훈련, 2주간의 천리행군으로 이루어졌다. 레저를 즐기는 스키는 아니었지만, 군대에서 스키를 탈 수 있는 것은 얼마나 큰 행복인가 생각하면서 즐겼다. 눈이 많이 온 시기에는 기동하는 산길에서 노르딕 훈련을 하기도 하였다.

대관령 훈련소는 여전히 재래식 변기였고, 좁은 침상에서 간부까지 함께 생활했던 좁디좁은 병사였다. 그래서 동계훈련 기간은 서로의 온기를 느끼기에 충분한 시기였다. 물론 그 온기를 느끼다 보면 서로가 서로를 힘들게 하기도 하지만 말이다. 고 신영복 선생님은 교도소를 추억하며 서로의 존재 자체를 경멸하는 여름보다는 서로의 온기를 좋아하고 나누는 겨울이 더 좋다고 말씀하셨는데, 그 말이 떠올랐다.

혹한기 야전훈련은 상상 초월이다. 실제 영하 25도 이하로 떨어지는 대관령 고지에서 반신 비트(몸이 들어갈 구멍)를 파고 그 위를 눈으로 위장을 하고 자야 했다. 움직일 공간조차 없는 추운 곳에서 자다가 '이러다 죽지 않나?' 라는 생각을 하기도 했다. 가끔 은신처를 제대로 구축하지 못했다가는 자다가 조금 움직이다 보면 어느새 눈에 파묻히는 경험을 하기도 했다. 일병, 이병은 가장 추운 바깥쪽에서 잤는데 그 시기에는 그런 가장자리가 더 편하기도 했다. 30cm 정도는 얼어있는 겨울 땅을 깨부수노라면 땀이 비 오듯 했지만 언제 그런 경험을 하겠나 생각했다. 오랜 시간 동안 이루어진 비트 파는 작업으로 인해서 야전에서 먹는 라면과 밥은 꿀맛이 아닐 수 없었다. 그 시절의 추억이 떠올라서일까 나는 지금도 캠핑 가서 야외에서 먹는 밥이 그렇게 좋을 수가 없다. 몸이 고되기는 해도 편안한 호텔에서 자는 것보다 즐겁다.

주말이면 대관령 병사로 황금마차 PX 차량이 왔다. 황금마차를 보는 것은 겨울 동계훈련의 색다른 재미였다. 먹어도, 먹어도 질리지 않는 간식들. 해병대 수색대의 겨울 동계훈련 동안은 이병이나 병장이나, 하사나 중사나, 소위나, 중위나 다 똑같았다. 간부들도 가족과 떨어져 병사들과 함께 동고동락하며 전우애를 다졌다.

동계훈련 중에 방송 촬영을 꼭 한두 번은 하곤 했다. 촬영이 오면 다들 왜 그리 힘이 나는지 한겨울 대관령에서 웃통을 벗고서도 추운 줄 몰랐다. 아주 추운 날 촬영 도중에 체력을 다지는 철봉을 하다가 쇳덩어리가 부러지는 에피소드를 경험하는 것은 우리의 작은 즐거움이었다.

Kim Jiyang

03   첫 번째, 천리행군

천리행군의 시작. 누구나 그렇듯 출발은 산뜻했다. 동계훈련을 마치고 떠난다는 기쁨은 말로 다 표현할 수 없었다. 이제 이 추위도 끝이구나 싶었다. 그러나 하루하루가 지나면서 내 발은 반창고로 만신창이가 되어가고 있었다. 동계훈련 기간 동안에 일병이 되었던지라 이제 한창 움직일 시기였다. 내 몸도 힘든데 선임들 물까지 더 챙겨서 다녀야 했고, 그것도 모자라서 쉴 때마다 앞뒤로 뛰어다니며 선임들에게 물을 드려야 했다. 정작 나는 선임들이 마실 물이 모자랄까 봐 제대로 마시지도 못했다.

그런 하루하루가 지나고, 걷고 걷다 보니 어느새 포항 가까이 가게 되었다. 지칠때로 지친 몸과 다리에 잠시 절뚝거리기라도 하다 보면 뒤에서 온갖 욕설들이 날아 왔다.

"아프냐? 기합이 빠졌구먼!"

"일병이 벌써부터 절뚝거리면 되겠나? 힘드냐?"

내가 보기엔 자기들도 절뚝거리면서 그렇게 뒤에서 뭐라고 했다. 자의가 아닌 타의로 아파도 안 아픈 척을 하며 정신없이 지내다 보니 어느새 포항이었다. 그런데 생각해 보면 그렇게 정신없이 갈궈주는 선임들이 없었다면 완보하기가 더 쉽지는 않았을 것 같다. 그때의 우리는 때로는 욕을 먹으며, 때로는 욕을 하면서 보이지 않게 서로를 의지했던 것이 아닐까? 우리 부대에서도 실제로 온전하게 천리행군을 완주하지 못하는 경우도 많았다. 한두 명이 뒤처지면 전부 늦어지기 때문에 뒤처지는 병사들은 일부 구간 동안 강제로 차량 기동을 하게 하는 경우도 있었고, 군장을 차에 싣고 가도록 하는 경우도 있었다. 난 해병대 수색대에서 돋보이는 체력은 아니었지만 천리행군만큼은 완전하게 완주했다. 도착할 즈음 내 발은 발인지 테이프인지 모를 정도로 반창고로 동여매어 있었다. 하얀 반창고는 거뭇거뭇해 있었고, 테이프를 붙인 데 덧붙여가며 행군을 완주했다. 천리행군 기간에는 씻을 수가 없었으니 얼마나 냄새나고 더러웠을지는 상상이 안 된다. 다행인 건 겨울이었다는 것이다. 한 번은 얼어붙은 강물 한쪽으로 가서 세수라도 하고 오라는 지시에 강으로 갔다. 갔더니 물이 얼어있었다. 얼어있다고 포기할 수는 없었다. 돌멩이로

깨부수곤 세수가 아닌 온몸을 씻어버렸다. 몸에선 김이 모락모락 올라왔는데 비누도 없이 씻기는 했어도 그렇게 개운할 수가 없었다. 그런 하루가 모여 이틀이 되고 우리는 어느새 도착을 눈앞에 두고 있었다.

포항에 진입하자마자 보이는 '어서 오세요' 라는 팻말을 보자 괜히 눈물이 맺혔다. 부대에 도착할 즈음이 되자 해병대 다른 부대에서 응원 나온 사람들과 사단장님이 계셨다. 평소에 보지 못하는 반짝이는 별 계급장 앞에서 왠지 긴장이 되고 정신이 혼미해졌다. 절뚝거리던 다리를 다시금 정비하고 온전한 척 걸으며 앞에 서서 당당하게 외치며 악수를 했다.

"일병 김지양, 충성을 다하겠습니다."

그렇게 우리는 천 리 길을 넘어 포항에 도착했다.

 Kim Jiyang

04 기다리고, 고대하던
수색 전문교육

　　1주간의 가입 주, 3주간의 수영 주, 2주간의 스쿠버 주, 1주간의 지옥 주, 1주간의 회복 주로 진행되었던 61차 수색 전문교육. 지금도 5월의 차가운 바다를 생각하면 섬뜩하기도 하다. 체온보다 한참 낮은 12도~18도 정도의 차가운 수온을 견디며 지냈던 과정을 생각하면 그때 우린 참 대단했다는 생각이 든다. 어쩌면 지금 각자의 위치에서 열심히 살아갈 힘을 얻은 것도 그 시절 극한의 경험이 한몫을 함에는 틀림없다.

　매해 두 번의 수색 전문교육 중에서 전반기의 수색 전문교육은 추운 시기의 바다에서 〈수영 주〉를 버텨야 하기에 자부심이 대단하다. 저체온증에 수영하다가 토를 하는 선후임도 있었고, 남들은 일찍 도착해서 쉬고 있을 때 뒤늦게 들어와서 쉬지도 못하고 다시 바로 출발해야 하는 사람도 있었다. 난 비교적 수영은 상위 그룹에 속해 있었다. 바다 수영은 위험을 동반하기에 늘 속도가 비슷한 사람과 짝이 되어 페어로 움직였는데 내 짝이 나보다 조금 더 빠른 편이었다. 그래서 가끔 불만스러운 말로 내게 재촉을 하기도 했다. 그런데 수온이 갑자기 떨어진 어느 날, 늘 나를 채근하던 후임은 저체온증을 견디지 못하고 덜덜 떨며 도저히 못 참겠다고 포기해야겠다고 했다. 평소에 뒤처지곤 했던 내가 달래가며 할 수 있다고 용기를 주며 함께 완주했을 때 비로소 우린 우리가 짝(페어)이 된 진정한 의미를 알게 되었다. 고맙다, 괜찮냐 그런 말은 필요 없었다. 그저 눈빛만으로도 우리는 알 수 있었다. 세상살이도 똑같다. 때로는 내가, 때로는 동료가. 서로 앞서거니 뒤서거니 하며 당겨주고 밀어주며 살아가는 것. 그게 세상 이치라는 것을 몸소 체험하며 경험한 것이었다.

"야~~! 오늘은 온천수다, 온천수."

매일 아침 바다에 뛰어들기 전 교관들이 한마디 한다. 조교들은 바닷속으로 뛰어들기 전 긴장감이 감도는 얼굴의 교육생들에게 바가지로 물을 뿌려준다. 속으로는 '앗 차가워!' 하지만 단지 조금 움찔할 뿐 말로 표현할 수는 없다.

보통 일반 목욕탕의 냉탕은 18도 정도가 된다. 우리가 교육을 받았던 바다의 온도는 12~16도 안팎이었다. 그러니 5월의 바다에서의 수영 주가 얼마나 고통스러웠을지는 짐작할 수 있을 것이다. 조류에 따라서 조금은 따뜻하게 느껴지는 순간과 냉기가 감도는 조류를 맞이했을 때 느끼는 감정은 마치 롤러코스터에서 오르막과 내리막에서 느끼는 감정처럼 짜릿했다. 수영을 마치고 시퍼레진 입술로 달달 떨며 앉아있던 그때가 아직도 생생하다.

〈스쿠버 주〉는 비교적 꿀 같은 기간이다. 그러나 방심했다간 큰코다친다. 온갖 장비(수경, 오리발 등)를 착용하고 모래사장을 뺑뺑이를 하면 이게 지옥문이구나 하는 생각이 들었다. 교육기간 중에는 매 식사 전엔 철봉을 해야 했다. 호각소리에 올라갔다가 호각소리에 내려와야 했다. 처음엔 5개로 시작했다. 다들 여유가 있었다. 그런데 그 여유는 하루를 가지 못했다. 호각소리가 바로바로 울리지 않기 때문이었다. 누군가가 늦게 올라가거나 하면 나머지는 매달려서 아등바등 난리가 났다. 철봉 개수를 완수하지 못하면 밥을 못 먹고 뒤로 가서 다시 해야 했으며 그러면 힘이 다 빠져서 통과하는 경우는 거의 없었다. 남들 밥 먹을 때 실컷 뺑뺑이를 돌고 온몸이 만신창이가 되었을 때 밥을 먹으러 가면 남는 게 별로 없었고 어디선가 "식사 끝 5분 전!"이라는 소리가 들리게 되었다. 어떤 교육 중에는 철봉 위에 올라가서 밥을 먹게 했던 경우도 있었다는 이야기도 들렸다.

스쿠버 주에서 수중 결색(스킨 다이빙으로 7~8미터 내려가 매듭을 완성하고 올라오는 짓)이나 숨 참기(물 온도와 상관없이 1분 30초 이상)는 쉽지 않은 과제였다. 온전히 몸과 마음을 가다듬고 들어가면 수색대 대원 누구나 다 통과하겠지만 온갖 기합을 받고 헐떡이다가 들어가면 실패하기 일쑤였다. 실패하면 다시 하는 것은 기본이거니와 조교가 와서 올라타고 짓누르기도 하고 온갖 곤욕을 치러야 했다. 그런 스쿠버 주가 끝날 무렵이면 보이지 않는 긴장감이 우리에게 감돌았다. 바로 지옥 주가 눈앞에 다가오기 때문이었다.

수영 주와 스쿠버 주에 매일 겪는 또 다른 어려움은 '도구 해안'의 구보였다. 그리 멀지 않은 구보 거리였지만 푹푹 빠지는 바닷가 모래밭에서 고래고래 군가를 부르며 뛰는 구보는 달랐다. 교관들은 온갖 선착순과 오리걸음을 시켰고 도착할 즈음에는 거의 녹초가 되어 있을 지경이었다. 가끔은 수경(마스크)을 쓰고 선착순을 시키기도 했는데 제대로 보이지도 않는데 숨도 제대로 못 쉬는 상태로 뛰어다니던 생각을 하면 지금도 웃음이 나온다. 그러다 장구류를 잃어버리거나 어디다 빠뜨리고 오면 더욱 심한 벌이 우리를 기다리고 있었다. 신기한 것은 내 것을 잃어버려서 남의 것을 슬쩍하면 그것이 돌고 돌아 나중엔 짝이 다 맞는다는 것이었다.

주말엔 휴식 시간이 주어지기도 했는데 편지를 쓰거나 보통은 낮잠을 잤다. 그런데 몰래 소형 라디오를 가지고 들어왔다가 걸린 교육생 때문에 때아닌 날벼락을 맞기도 했다.

"편하지? 놀러 왔지? 말려!"

말려: 엎드려뻗치는 동작의 한 단계 윗급으로 다리를 체스터(관물
대) 위에 올리도록 하였다. 올리는 높이에 따라 강도가 조절되는데
대부분 물구나무서기 수준으로 올렸다. 정말 짧은 시간 내에 온몸에
서 땀이 흐르고 극한의 고통을 경험했다.

심어: 머리로 물구나무서기를 한다고 보면 된다. 마찬가지로 다리
를 올려놓고 머리로 벌을 받는 것이다. 보통 말려 자세를 게을리하
거나 잠시 교관이 눈을 피한 사이에 요령을 피우다 걸린 사람들이
'심어'를 경험했다.

쉬라고 하면 쉬면 된다. 그 시절 괜한 호기심은 화를 불렀다.

Kim Jiyang

05 수색 전문교육의 꽃, 지옥주

지옥 주는 해병대 수색 전문교육의 꽃 중의 꽃이다. 이 시기가 되면 욕하고 괴롭히던 선후임들도 멀리서나마 완주를 응원해주고 마음으로 기도도 해주었다. 4박 5일 동안 잠도 자지 않고 밥은 한두 숟가락 남짓씩, 배변 활동을 할 시간조차도 주지 않았다. 지옥 주 5일간은 군복과 군화를 벗지도 못했으며, 야간이면 정신이 혼미해지는 경험을 했다. 그럴 때면 온갖 얼차려가 뒤따랐다.

지옥 주의 시작은 잠이 들고 1~2시간 지날 무렵부터다. 사이렌 소리에 조교와 교관들이 들이닥쳐 온갖 소리를 하며 1분 내로 연병장으로 집합하라고 소리친다. 그와 동시에 긴 막대로 때리지는 않았지만, 곳곳을 휘두르고 치며 혼을 쏙 빼놓았다. 군화도 군복도 제대로 입지 못하고 집합을 했다. 온갖 얼차려를 받다가 다시 1분이 주어진다. 1분 동안 모든 군화와 군복을 들고 내려오면서 입고 넘어지고 난리법석을 피운다. 그 시간부터 나와의 싸움은 시작이다.

첫날 밤, 그리 정신없이 집합해서 '팔 벌려 높이뛰기'부터 시작했는데 얼마나 했는지 셀 수도 없었다. 보통 20회, 30회 정도를 하는 것이 보통인데, 한 번에 1000회, 2000회 단위로 하니 정신이 아득해진 기분이었다. 몇 시간이고 계속했다. 그저 시간이 흘러가 주기를 바랄 뿐이었다.

나는 공부를 하면서도 단 하루도 밤을 새우지 못하는 성향이었다. 그래서 잠을 자지 않고 무엇인가를 할 수 있으리라곤 단 한 번도 생각하지 못했다. 그런데 그렇게 하루, 이틀이 지나가고 있었다. 아마도 함께였기에 가능한 일이었을 것이다.

야간엔 보트를 머리에 이고 산에 오른다. 혹시라도 단합이 안 되거나 나약한 모습을 보이는 보트에는 조교가 올라탄다. 머리와 목이 박살 나다 못해 주저앉아서 기어간다. 오기로 바로 일어서면 조교가 내려왔다. 산 위에 보트를 머리에 들고 올라서니 온갖 물세례가 시작되었다. 새벽이었다. 잠시라도 여유가 생기면 졸음을 이기지 못하는 사람이 있었기에 잠시도 앉아있게 놔두질 않았다. 하늘을 보고 입을 벌리고 해바라기를 하는 시간은 오히려 감사했다. 그런데 그러다 플래시를 들고 확인하는 교관들에게 졸고 있는 사람이 발각되면 새로운 미션들이 주어졌다.

밤낮을 가리지 않고 바다에서 노 젓기 시합을 했다. 해병대 기습 부대에서도 차출하여 자대 조교로 활동할 수 있도록 수색 전문교육에 파견을 보내는 경우도 있었다. 그때 온 몇 명이 자기들이 페달질은 수색대보다 잘할 수 있다며 무조건 일등이라며 자랑을 했다. 결과는 뻔했다. 꼴찌를 하면 남들 쉬는 시간 동안 머리에 보트를 이고 앉아 있거나, '앉았다 일어섰다'를 반복하곤 했다. 자만에 빠져있던 그들은 늘 뒤에서 맴돌았다. 나중에 그들끼리 싸우기도 했다. 단합이 안 되면 팀 내에서 다투기도 했고 그러다 함께하는 것을 조금씩 터득해나가기도 했다. 꼴찌 팀은 밥도 보트를 머리에 이고 먹어야 했다. 이겨서 미안하기도 했지만, 몸과 마음이 바닥난 그 상태에선 한숨을 쓸어내렸다.

지옥 주에서 힘든 것 중 하나는 대변과 소변볼 시간을 주지 않는 것이었다. 사실 밥과 먹을 것을 거의 주지 않고 24시간 훈련을 받기에 소변과 대변의 필요성이 크지는 않지만, 하루에 한 번쯤은 위기가 찾아온다. 그 위기를 바다에서 맞이한다면 아주 행운이다. 비록 내 바지를 따라 군화로 들어가기는 하지만 말이다. 가끔은 대변으로 고생하는 사람도 있었다. 몰래 잠시 쉬는 사이에 대변을 보다가 걸려서 얼차려를 받고 온갖 고초를 겪기도 했다. 편안하게 생리적 욕구를 해결할 수 있다는 것도 행복이라는 것을 그제야 깨달았다.

　마지막 날 밤은 무인 포스팅을 진행했다. 머리에 보트를 이고 지도를 보며 포항 1사단의 곳곳을 돌며 포스팅을 완수하면 부대로 돌아오는 과정이었다. 무인 포스팅 시작 전 간부들의 가족들이 와서 국수를 말아주었다. 지옥 주가 되어 몇 숟가락 안 되는 밥을 먹다가 제대로 된 국수를 맛보노라니 감격의 눈물이 났다. 바닥난 체력과 정신을 이끌고 다니다 보니 밤이 지나갔고 어느새 끝이 났다. 우리는 새벽 즈음 부대로 돌아가고 있었다. 이제 끝이었다. 5일 만에 군복도, 군화도 벗을 수 있었으며 화장실도 갈 수 있었다. 온갖 모래와 분비물들이 함께한 옷과 군화는 밖에 벗어놓고 절뚝거리며 샤워를 하니 그제야 우리가 해냈구나 싶었다. 그때 벗겨놓은 발을 보니 이게 사람 발일까 싶을 정도로 불어 있고 상해 있었다. 그 시간부터 2일 동안은 잠만 잤던 것 같다. 자도 자도 어찌나 졸리던지. 그 뒤 1주일은 이론교육을 받는 회복 기간이었다. 이렇게 건강한 몸과 마음을 주신 부모님께 감사했다. 이제 가슴에 해병대 수색교육 휘장을 달 수 있는 자격을 갖추게 되었다. 혼자라면 불가능한 일이었겠지만 함께이기에 가능했다. 역시 '우리'는 '나'보다 지혜로우며 뛰어나다.

　누구나 자신의 삶 속에서 주인공이 되는 때가 있다. 화려한 조명

속에서 대중들의 사랑을 받는 사람들만이 주인공은 아니다. 하루하루 살아가는 삶 속에서 나는 주인공인 것이다. 남들이 보기엔 새까맣게 그을린 얼굴, 비쩍 마른 몸으로 보트를 머리에 이고 가는 순간, 우리는 모두 주인공이었다. 누군가 나를 알아주기를 바라는 마음도 없었으며 그저 내 삶에서 무언가를 이루기 위해서 노력하고 이루어낸 순간이었다. 해병대 수색 전문교육을 이수한 이 순간만이 그렇지는 않을 것이다. 하루를 최선을 다해 내 역할을 해낸다면, 나는 내 삶의 주인공인 것이다. 각자 자신의 위치에서 자신의 역할을 다할 때 우리는 자신 삶의 주인이 될 수 있다.

오늘도 나는 내게 묻는다.

'오늘 난 내 삶의 주인공이었나?'

Kim Seokjin

06   많이 구르면 어지럽다

일병 수색교육대 지옥 주 때다. 지옥 주 때는 워커를 벗지 못한다. 워커만 못 벗는 것이 아니라 전투복도 못 벗고 따로 생리현상을 해결할 시간 같은 것도 없다. 다 커서 바지에 시원하게 소변 및 심지어 대변을 보기도 한다. 내 발에 조금 큰 워커가 문제였을까?... 시작은 워커..

계속 바다에 들어갔다 나왔다 모래사장을 뛰다 걷다 보면 발이 젖고 모래가 들어간다. 거기다 워커가 좀 크다 보니 금세 물집이 생겼던 것 같다. 날이 갈수록 통증이 심해지고 있었으며 걸을 때마다 미칠 것 같은 통증이 전해졌다. 다리를 절기 시작하니 '선착순'에서 좋은 성적을 내기 힘들었다. 교육 기간 동안, '선착순'에 큰 스트레스는 없었는데 역시나 이때부턴 엄청난 스트레스로 다가왔다. 하루는 점심 식사 전 '선착순'을 했는데 흠, 그 돼지 같던 교관이 생각난다. 난 역시나 잘 뛸 수가 없었고 하위권으로 처졌다. 이때 다른 교육생들은 쉬고 있는데 나를 포함 몇 명은 연병장을 구르고 있었다. 누워서 좌우로 굴러 연병장을 끝에서 끝까지 10회 정도 왔다 갔다 한 것 같다. 태어나서 그렇게 굴러본 적 있는가? 나도 처음이었다.

'어지럽다.... 세상이 나를 중심으로 도는 것 같다. 나는 누구인가... 왜 여기서 굴러다니고 있는가... 아 팔꿈치도 아파지네.... 역시 사람은 걸어야 해... 나중에 저 교관 죽인다.... 아 이 워커를 챙겨 오는 게 아니었어.... 오만가지 생각이 다 들었다.... 그리고 굴욕감...'

뭐 그래도 지금은 웃음이 나오는 기억이다. 전역하고 동기들이 웃으며 얘기하는데 나도 웃음이 나오는 건 뭘까? 역시 지나고 나면 다 아름다운 추억이다.

역시나 교육을 마치고 확인한 내 발은 순위에 꼽을 정도로 엉망이었고 발바닥 거의 전부가 물집이었다. 내 발을 본 군의관의 표정을 잊을 수 없다. 군의관 왈, "아니 이 정도로 시켜야 하나?" 칼로 물집을 째니 의무대 바닥이 흥건해질 정도로 물이 주르륵 흘렀다. 그리고 붕대를 감은 뒤 항생제 주사를 맞는데 의무병이 혈관주사를 2번 실패했다. 나는 훈련으로 독기가 올라있었고 얼굴은 준 흑인이 되어있었다. 내가 독기 어린 눈빛으로 쳐다보자 그 의무병은 조용히 도망가고 병장이 와서 3번 만에 나는 주사를 맞았다. 그리고 복귀했더니 붕대 감고 있다고 친하게 지내던 선임이 스머프라고 놀린다. 우린 워낙 친해서 병장 때도 이 얘기를 하면서 웃곤 했다.

지금 힘든가? 지나면 가장 재미있는 웃음거리가 생기고 있는 것이다. 극복하자!

Kim Jiyang

07 포이글 훈련,
미 해병대 수색대와의 한 판 승부

평소보다 한껏 기대감에 들뜬 훈련. 포이글 훈련이었다. 미 해병대와 우리나라 해병대와 합동훈련이었고 그중에서도 우리는 'Force Recon' 이라고 불리는 미 해병대 수색대와 함께 훈련을 받게 되었다. 늘 그래왔듯이 팀별 훈련과 '엑세스함' 이라 불리는 소형 항공모함도 탈 계획이었다. 미 해병 수색대 3명과 우리 팀 3명이 함께 팀으로 배정되었다. 언어의 장벽으로 깊은 대화가 통하진 않았지만 서로 간에 보이지 않는 긴장감과 견제가 느껴졌다. 장비에선 밀린다 해도 훈련 내용에선 절대 밀릴 수 없었다.

먼저 미 항공모함을 타고 서해로 이동했다. 높아진 조류로 인해서 제때에 침투를 하지 못했다. 높은 조류에 항공모함에서도 뱃멀미가 났다. 침투 시기가 지연되자 현지 미 해병대와 실내에서 대화도 나누고 필요한 물품도 서로 교환하기도 했다. 우리는 항공모함의 엄청난 시설에 놀랐고 식사수준에 놀랐다. 'Force Recon' 팀은 우리에게 와서 미 해병대의 일반 보병과는 교류하지 않는 것이 좋을 거라고 조언했다. 우리 못지않게 자부심이 대단한 그들이었다.

침투 작전 지연은 2일 정도 지속되었고 우린 부대의 첨병으로서 본 부대가 오기 전에 먼저 수색 역할로 시누크 헬기로 침투하는 작전을 실시하기로 결정되었다. 육상 침투 작전을 무사히 마쳤고 이어서 팀별 침투 작전이 진행되었다. 장비의 수준는 우리가 뒤처지지만, 훈련에서 본때를 보여줘야겠다고 벼르고 있었다. 그들도 우리의 작은 체구를 보며 얕보기도 했던 것으로 짐작된다. 우린 완전군장으로 온갖 산을 뛰어다녔다. 최소의 시간으로 침투를 해야 한다는 목적이 있기도 했지만, 그들에게 우리의 체력과 정신력을 보여주고 싶었기에 이를 악물고 움직였다. 숨이 턱 끝까지 차올라도 힘든 내색을 할 수는 없었다. 은신처를 구축하고 잠시 쉬는데 그들이 대단하다며 손뼉을 치더니 우리의 군장 무게가 가벼워서 그렇다면서 비아냥거렸다. 그래서 군장을 바꿔서 출발하자고 제안했고 우린 모두 군장을 바꿔서 메고 출발하기로 했다.

"야! 이번에 뒤처지면 죽는다! 무조건 뛴다! 정신 차려라."

이번엔 더욱 '악'기를 발휘할 수밖에 없었다. 결국, 우린 1시간 만에 KO승을 거두었다. 도저히 더이상 갈 수 없다는 그들의 항복을 받아낸 것이었다. 남들에게는 아무것도 아닌 그 순간의 작은 승리가 우리에겐 큰 의미가 있었던 시기였다. 그때 처음이자 마지막으로 선임에게 시원하게 칭찬을 받았다.

부대로 복귀해서 이라크 전투에 참전했던 그들에게 시가지 전투에 대한 훈련을 전수받았다. 실제 전투를 해본 그들이라 그런지 눈빛이 다르게 느껴졌다. 한 수 배우며 전투식량을 나누어 먹었다. 역시 동서양을 막론하고 누구나 함께 먹으면 정이 드는 것 같았다. 부족하고 어려운 상황에서도 정신력만 붙들고 있다면 언제든 잘 해낼 수 있다는 믿음이 생겨 어린아이처럼 뿌듯해졌다.

 Kim Jiyang

08 포항 앞바다,
    약전 방파제를 떠올리며

주된 교육이 이루어진 공간은 교육대에서 조금 떨어진 약전 방파제 앞바다였다. 이곳에서 수영교육, 스쿠버 교육 등이 이루어졌고 실무에서도 이곳에서 여러 훈련을 하기도 하였다. 아직은 전역을 하고 한 번도 가보지 못했는데 언젠가는 동기들이나 내 아이들과 함께 방문해서 그 바다에 몸을 던져보고 싶다.

"○○번 교육생 입수준비 끝! 입수!"

5월의 추운 바닷물을 생각하면 아직도 소름이 돋기도 한다. 어렵고 힘든 경험은 분명히 나를 성장하게 했고 지금도 그 시절의 어려움을 떠올리면 무슨 일이라도 다 해낼 수 있다는 자신감이 생기기도 한다. 사회에서는 쉽사리 해내지 못하는 많은 양의 일과 훈련 등 그 모든 것이 군대에서는 가능했다. 어려워 보이는 일은 직접 해보지도 않고 미리 판단하고 도전하지 못하는 약한 마음을 극복하는 힘을 기를 수 있었을 것이다. 지금도 사회생활을 하면서 무모한 도전을 많이 하곤 한다. 그래서 실패의 경험도 물론 많이 한다. 내가 자신 있는 것은 성공할 자신이 있는 일에만 도전하지 않고 것이라면 실패 후에도 다시 일어나서 다시 도전할 수 있는 용기가 있다는 것이다. 역전 방파제 앞에서의 그 떨림과 도전은 내게 어떤 새로움에도 도전할 수 있는 용기를 주었다.

 Kim Jiyang

09 '꿀' 빨다

어떤 군대나 마찬가지겠지만 이른바 '꿀 보직'이 있다. 꿀보직이란 군인들 사이에서 많이 쓰이는 용어로, 꿀을 빨 듯이 쉬운 일을 하는 것이다. 우리 부대에도 행정병과 보급병이 있었다. 그들은 간부들과 가까운 탓에 여러 가지 혜택을 보기도 하였다. 4년제 대학도 졸업하고 교사라는 직업을 가진 나였기에 내게도 그런 제안이 오겠구나 하고 생각했지만 그런 운은 오지 않았다. 물론 전투병으로서의 자부심으로 그런 제안이 오면 거절해야지 하고 생각하기도 했는데 쓸데없는 상상이었다. 나중에 돌이켜 생각해 보면 나는 하사관들보다 나이가 많았고 소대장과 나이가 같았기에 그런 기회가 오더라도 서로에게 부담이 되지 않았을까 싶다.

그런 내게도 '꿀'을 빨 수 있는 기회가 오기도 했다. 여름에 간부

휴양지의 관리 및 안전을 위해 1주일간 파견을 가게 된 것이다. 같이 가게 된 사람은 모두 좋은 선후임들이었다. 또 부사관 간부는 나와 동갑이었던 양OO 팀장이었다. 짧은 기간이었지만 내겐 편안하고 달콤했던 시간이었다. 낮에는 앞바다에 들어가 부위 설치도 하고 주변 관리를 했는데 손바닥만 한 전복을 따서 먹기도 했다. 누구에게나 쉼의 시간은 온다. 무작정 그런 쉼만을 기다릴 필요는 없다. 다만 그런 시간이 주어진다면 누구보다도 즐겁게 쉬어야 새로운 힘이 생긴다. 사회생활을 하면서도 휴가를 정말 즐겁게 즐겨야 새로운 에너지가 생기는 것처럼 말이다. 파견 외에도 대민지원 등 비교적 여유로운 시간이 주어질 때가 있었다. 그럴 때마다 아쉽다는 생각이 들지 않도록 즐겁게 즐겼다. 열심히 일하지도, 열심히 즐기지도 못하는 사람이 되면 안 된다는 것을 배운 것이다.

 Kim Seokjin

10 수색대원 이라크에 가다

아침 해안 구보로 방파제까지 달려 5월의 차가운 바다 (10도~14도)에서 오전과 오후 피 튀기는 PT 체조와 전투 수영을 하고 수색 교육대에 복귀했을 때이다. 대대에서 이라크 파병 인원을 선발하니 지원하라고 했다. 내가 수색대에 지원한 동기 중 하나가 많은 경험을 해보고 생각을 넓히자는 것이었기 때문에 인생에서 쉽게 해볼 수 없는 기회라 생각했다. 특히나 우리 해병대는 이라크 외곽 지역인 아르빌에서 치안 유지, 경계 및 대민지원 활동을 할 뿐만이 아니라 이라크 중심지인 바그다드 내 한국 대사관에서 대사관 경계 및 한국 대사 경호 업무를 맡고 있었기에 꼭 가보고 싶다는 생각이 들었다. 그렇게 나는 지원을 하게 됐고 운이 좋았다고 해야 하나? 병사 5명뿐인 선발인원에 들었다.

수색 전문반 교육을 수료하고 대대에 복귀하자 곧 파병 인원들의 훈련이 시작되었다. 우리 수색대 부사관 포함 6명은 CQB(Close-Quarters Combat 근접 전투), 사격 및 퇴출, 경호 전술, 이동 간 사격 등을 훈련했다. 본인이 근무한 특수 수색중대는 평시 대테러 임무를 수행하기에 포스 리콘(미 해병대 수색대)과 CQB 훈련을 하기도 하고 일부 인원들은 707에서 훈련을 받기도 하는데 미 해병대 수색대는 이 근접 전투 교육만도 6개월 과정으로 받는다고 한다. 그들에게 참 배울 것이 많았다.

부대 자체 훈련을 마치고 우리는 해병대 연대 파병 인원과 함께 자체 훈련에 들어갔다. 우리 수색 대원들이 주축으로 다른 해병들의 사격, 특히 서서 하는 사격훈련을 도와주고 또 여러 가지 화기들의 사격훈련, 체력단련 및 전술훈련 등을 했다. 그 후 우리는 특수전 교육단에서 또 파병 교육을 받았다. 이때에는 파병 가는 모든 군이 모여서 훈련을 하는 대 우리 해병대를 보고 타군 장교들이 많이 부러워했다. 항상 군기 들어 있는 모습, 눈매, 적극적인 자세 등 우리 장교들에게 많은 칭찬을 했다고 들었다. 내가 봐도 우리 해병대는 타군과 있을 때 확실히 달랐다. 한 예로 이론교육을 타군과 받은 적이 있는데 자리에 앉을 때 어수선한 분위기였다. 타군 선임이 후임들에게 어떻게 앉으라고 지시하는데 보기에 답답할 정도로 하는 둥 마는 둥 이었다. 나는 우리 해병 파병 인원들 중에 거의 최고 선임이었다.

내가 앞줄에 앉아서 우리 후임들에게 "여기 이렇게 앉자." 하니 역시나 우리 멋진 해병들 "알겠습니다~!!" 하더니 일사불란하게 착석했다. 그걸 본 그 타군 병사가

"아~! 해병대 갔어야 했는데."

라고 할 정도였다. 역시나 지원해서 온 자들이 무언가에 임하는 자세는 다르다.

모든 준비를 마치고 드디어 파병 날, 우리는 쿠웨이트로 향하는 민간 항공기에 몸을 실었다. 길고 긴 비행 끝에 도착한 쿠웨이트. 나는 비행기에서 내릴 때 피어나는 아지랑이를 보고 엔진이 너무 뜨거워서 그런 줄 알았다. 참 웃긴 일이지만 그건 활주로가 너무 뜨거워서 생긴 것이었다. 우리는 군항기에 바로 몸을 실었다. 그렇게 다시 시작된 비행. 어지러운 전술 비행으로 마치 계속 놀이기구를 타는 듯했다. 드디어 아르빌에 도착해서 개인화기를 지급받고 영점사격을 했다. 그렇게 아르빌에서 1박을 하고 나를 포함한 10여 명은 바그다드로 향했다. 이때가 가장 긴장되는 순간 중 하나였는데 언제 공격을 받을지 모르고 매립된 폭발물이 터질지 몰랐다. 방탄 차량에 탑승하고 미군과 합동 작전을 펼치긴 하지만 우리는 바로 사격을 할 수 있도록 준비하고 경계를 늦추지 않았다.

대사관에 들어가기 전에 후세인 궁전에 들렸는데 뉴스에서만 보던 그 궁을 보는 순간

'내가 진짜 이라크에 왔구나.'

하는 생각이 들었다. 벽엔 무수히 많은 총알 자국이 있었고 폭격으로 무너진 곳들도 있었다. 후세인 궁 안은 정말 호화로웠다. 사방이 대리석 샹들리에이고 심지어 물이 그토록 귀한 나라였음에도 아주 거대한 수영장까지 있었다. 국민은 그리 녹록지 않게 생활하는 데 독재자는 나라의 자원으로 이런 호화로운 생활을 했구나, 하는 생각이 들었다. 정치인이 잘못되면 나라가 힘들어진다. 놀랍게도 우리나라도 직선제를 채택한 지 얼마 되지 않았다. 지금 귀찮다고 하지 않는 제대로 된 투표가 1987년 노태우 대통령이 당선되던 해가 처음이었다. 그전엔 알다시피 체육관 선거, 간접선거였다. 박정희 대통령 후반부터 실시된 간선제, 전두환 시절 호헌 철폐를 외치고 얻어낸 게 국민이 직접 투표로 대통령을 선출할 수 있는 직선제다. 어렵게 얻어낸 투표권이니 잘 행사해서 훌륭한 정치인을 선발해야 한다. 아무튼 그렇게 후세인 궁을 둘러보고 무사히 대사관에 도착해서 짐을 풀었다.

우리는 도착한 날부터 인수인계를 받기 시작했는데 대사관은 옥상 경계근무와 출입구 상황근무를 섰다. 옥상에선 대사관 주변을 관찰하고 항상 교전 준비를 했으며 이상이 있으면 상황 근무자에게 알렸다. 상황 근무자는 대사관 외벽에 설치되어 있는 여러 대의 CCTV를 주시하고, 대사관 출입자를 통제했다. 또 모든 인원이 비상시를 대비해 옥상 진지를 점령하는 전투 배치 훈련은 갑작스럽게 시행되곤 했다. 해병대가 전쟁터에 있는 대사관을 지킨다는 건 참 의미 있는 일이다. 그만큼 믿고 맡길 수 있는 군대가 해병대라는 것 아니겠는가. 옥상에서 근무를 설 때면 마치 사격장에 와있는 기분이었다. 항상 총소리가 끊이지 않았으며 한 번은 너무 근거리에서 총성이 울려서 반사적으로 '무릎 앉아'를 하고 바로 사격을 할 태세로 주변을 살핀 적도 있다. 허나 시간이 지나며 총소리에도 무뎌지는 나를 발견했다. 사람은 본인 앞에 총구가 들이 밀어지지 않는 이상 아무리 전쟁터에 있다 해도 무뎌지기 마련인 게 본성인 것 같다. 한국전쟁 당시에도 군인들이 전선에서 싸우고 죽어 나갈 때 어떤 이는 술집에서 술을 마시며 시간을 보냈을 것이다. 본인이 직접 경험하지 않으면 공감하기 힘들고 미래의 편안함보단 현재의 편안함에 안주하게 되는 것, 그런 게 사람 본성이 아닌가 하는 생각을 혼자 해보기도 했다. 이렇게 하루에도 몇 번씩 경계근무를 서고 대사님이 주변 마을을 둘러볼 때면 경호 대형으로 경호를 하기도 했다. 이때도 참 긴장되는 순간이었다.

파병 기간이 항상 힘든 것만은 아니었다. 현지 직원들과 많은 얘기도 나눴는데 그들이 전쟁에 대하여 생각하는 것, 미군을 바라보는 시선, 후세인에 대한 생각 등을 들을 수 있었다. 그들도 의견이 나뉘었는데 이건 우리도 전 대통령에 대하여 서로 다른 평을 하는 것과 비슷하다고 생각한다. 또 앞집에 살던 꼬마 아이들과 반갑게 인사하기도 하고 지나가는 동네 사람들과 인사하기도 했다. 처음엔 히잡을 쓴 여성들이 모두 같아 보였는데 시간이 지나며 그들도 구분할 수 있었다. 이라크는 일부다처제인데 공식적으로 4명의 여성과 결혼할 수 있었다. 전쟁을 많이 겪어서 생긴 문화라 들었는데 그 부인들끼리도 친하게 지내는 게 참 신기해 보였다. 다르다고 해서 부정적으로 바라볼 필요는 없는 것 같다. 그저 익숙한 제도에 편안함을 느끼는 것 같다. 다른 문화가 있는 걸 자연스럽게 받아들일 수 있는 시간이었다. 또 재미있었던 건 하루에도 몇 번씩 도시 전체가 정전이 되는 것이었는데 어려서 말로만 듣던 정전을 직접 경험해 보니 신기했다. 우리에겐 위험한 순간이기도 했지만, 그 고요함이 싫지만은 않았다.

이렇게 파병의 기간은 끝나갔다. 무사히 파병을 마치고 돌아오기 전 일주일간 묵었던 쿠웨이트의 버지니아 캠프는 정말 파병의 피로를 날려버릴 수 있을 만큼 엄청난 먹거리와 휴식공간이 있었다. 미군과 농구 시합도 하고 탁구도 치고 참 잊지 못할 시간이었다. 우리 바그다드 근무자들만 고생했다고 쿠웨이트 시내를 둘러볼 수 있게 해줬는데 발전된 도시를 보고 참 많이 놀랐다. 심지어 그들은 우리를 보고 북한인인지 남한인인지를 물었다. 북한 사람들이 그곳에서 건설업에 많이 종사하고 있어서였나 보다. 그곳은 힘든 일은 제3국

사람들이 한다. 나라의 복지가 워낙 좋아서 먹고 살 걱정이 없어 보였다. 지하자원의 힘을 새삼 크게 느꼈지만 그런 것 없이도 발전한 우리나라가 대단하게 느껴졌다. 이들에게 이 자원이 무한하지 않으니 후엔 어떻게 할 것인가? 우리나라가 부유하지 않은 나라라는 느낌으로 말하던 쿠웨이트인이 갑자기 생각난다. 그냥 그 사람이 무식한 거라 혼자 위로하고 말았었다. 약간의 휴식 기간이 끝나고 우리는 돌아오는 비행기를 탔고 아쉬운 작별 인사와 함께 각자의 부대로 돌아갔다.

아직도 나는 이라크가 그립다. 옥상에서 바라보던 시내의 풍경과 앞에서 뛰어놀던 아이들 친하게 지내던 현지인 직원들과 아침마다 먹던 '싸문'이란 빵, 함께하던 전우들, 그리고 건조한 바람 등, 모든 게 내가 해병 특수수색대에 지원해서 경험해 볼 수 있었던 일들이었던 것 같다. 지금도 나는 수색대에 지원한 일이 참 잘한 선택이라 생각한다. 나의 인생 경험 중에 정말 많은 부분을 차지하고 있다. 그리고 나를 지탱해 주는 힘이 되어준다고 생각한다.

Jeong Daewon

11   4월 4일, 잊을 수 없는 그날

"수도병원으로 올려야겠는데? 헬기 요청해!!"

"군의관님 헬기가 못 뜬다는데요? 차로 이송해야 할 것 같습니다."

"차로 가면 5시간은 걸릴 텐데 중간에 죽으면 책임진대?!!"

"???!!!!!! 군의관님 저 죽을 수도 있습니까?"

얼마 전 뉴스에서는 이국종 교수님과 외상 센터, 닥터 헬기에 관한 인터뷰가 화제가 되어서 떠들썩했던 기억이 난다. 그 문제는 해결이 된 걸까? 아니면 다시 수면 밑으로 가라앉게 된 걸까? 헬기가 뜰 수 없다는 뉴스 기사를 보며 그날의 기억이 떠올랐다.

군 생활을 하며 날짜를 정확히 기억하는 날이 얼마나 있을까? 입대 날짜, 그리고 전역 날짜 그리고 하루를 꼽자면 사고가 났던 2007년 4월 4일이 떠오른다. 부대는 대테러 진압 시범을 대비한 훈련이 한창이었고 그날은 역레펠(헬리콥터가 공중에 있는 상태에서 밧줄을 타고 내려오거나, 빌딩 같은 건물에서 밧줄을 이용해 벽면을 타고 내려오는 행위) 훈련을 하는 날이었다.

"덜컹, 덜컹.."
"어이고 정대원이~ 졸린 거 같아?"
"일병! 정. 대. 원! 아닙니다!!"

육공트럭 뒤에 몸을 싣고 비포장 길을 한참 달리는데 그 덜컹거림마저 자장가처럼 느껴지게 눈에 무거웠다. 하지만 육공트럭에서 일, 이병이 꾸벅꾸벅 조는 모습을 보였다가는 그날 밤 집합 사유였기에 쏟아지는 잠을 쫓으려 애를 썼다.

포항 모처에 있는 대테러 훈련장에 도착한 우리 중대는 오전 내내 레펠을 반복 숙달했다. 4층 건물의 옥상 끄트머리에 발가락 정도 나올 만큼 서서 바닥을 바라보고 있노라면 아무리 반복 숙달을 해도 긴장이 되는 것은 사실이다. 오른손엔 총을 들고 왼손으로 붙잡고 있는 밧줄은 왜 이리 무거운지.

늘 하던 대로 몸을 꼿꼿이 세운 채 허공을 향해 몸을 기댔다. 분명 허리 뒤에서 힘이 느껴지며 1차적으로 슈퍼맨 자세로 공중에 고정이 돼야 하는데 사고의 순간은 순식간에 지나갔다.

줄과 몸을 연결해 주던 고리가 풀리면서 내 몸은 왼쪽으로 순식간에 기울었고 불과 몇 초 만에 바닥에 닿았으리라. 순식간에 눈앞이 캄캄해졌고 사고 이후에도 눈을 뜰 수가 없었다. 오른손에 쥐고 있던 K1 소총이 얼굴을 강타하며 열상을 입었고 개머리판이 왼쪽 눈에 박혀버렸다.

주변의 웅성대는 소리, 한 팀장님이 달려와서 눈에 박힌 총을 보고 놀라 뽑았더니 피가 너무 많이 나서 눈 위를 눌러주었다고 했다. 구급차가 도착하고 나는 포항병원으로 후송되었다. 훈련장까지 비포장도로가 이렇게 길고 거칠었던가. 훈련장으로 갈 때는 자장가처럼 느껴졌던 흔들거림은 끝나지 않을 고통처럼 다가왔고 포장도로가 나올 때까지 얼마나 소리를 질렀는지 모른다.

포항병원에서 얼굴을 스무 방 넘게 꿰매고 대퇴골 골절이라는 진 달을 받고 수술을 위해서 즉시 분당 수도병원으로 후송되었다. 5시 간이 넘는 거리를 군 앰뷸런스를 타고 후송되며 어찌나 잠이 오던지……. 포항병원 군의관의 "후송되다 죽으면 책임진대?"라는 말 덕분에 잠들지 않으려고 노력했지만. 일병의 고된 일과 덕분인지 내려앉는 눈꺼풀을 막을 수는 없었다.

Jeong Daewon

12 병원 생활

"어휴 많이 다쳤네. 몸은 좀 어때요?"

　　병원에서 첫 밤을 보내고 눈을 떴는데 웬 대령님(병원장)이 내 앞에 서서 말을 걸고 있었다. 지금까지 본 가장 높은 계급이라고는 무궁화 두 개의 대대장님이었는데. 무궁화 셋이 말을 걸고 있다니? 눈이 번쩍 떠지는 순간이었다.

　"일병!! 정. 대. 원!! 괜찮습니다!!"
　"어머, 뭔 목소리가 이렇게 커?"
　"일~병!! 정!! 대!! 원!!"
　"조용히 해요. 주변 사람들 다 놀라겠네. 호호. 해병이라 씩씩하구만,

수술 잘 받아요."

새벽에 병원에 도착한 나는 좀 더 정밀한 X-ray 촬영과 CT 촬영을 통해서 오른손 주상골 골절과 왼쪽 안와골절이라는 추가 진단을 받았고 꼬박 4개월을 병원에 있어야 했다. 수술대에 누워본 경험이라고는 초등학교 시절 농구공을 사준다는 아버지의 말에 속아 따라 갔던 동네 비뇨기과에서의 포경수술밖에 없었는데 세 차례의 큰 수술은 너무나도 힘든 일이었다.

힘들었던 수술을 마치고 1개월쯤 지나서 목발을 짚고 걸을 수 있게 되면서 나는 중환자에서 경환자로 분류되었다. 경환자가 되면 일반 사병은 6인 1실의 중환자실에서 64인 1실이라는 대병동으로 옮겨야 했다. 그리고 중환자실에서는 보이지 않았던 군병원 생활에 눈에 들어오기 시작했다.

병원은 내가 겪어 왔던 부대 환경과는 너무 달랐다. 일단 환자들은 서로 아저씨라 칭하거나 친해지면 형, 동생 하며 지냈다. 8명의 인원이 모여 1개의 뻬드(bed)가 되었고 그중 청소를 지시하거나 전달사항을 전해주는 아저씨를 '뻬드장' 이라고 불렀다. 그리고 8개의 뻬드가 모여 64명이 모인 병동이 되었고 이 병동을 대표하는 아저씨(병동장)도 있었다. 병동장으로 일정 기간 근무(?)하면 1박 2일 외박도 보내준다고 하여서 많은 환자의 선망의 대상이었다.

군병원은 계급에 상관없이 돌아가며 청소를 해야 했다. 아침, 점심, 저녁 하루 세 번 점호를 하듯 병동장이 당직 간호장교에게 경례를 하고 인원 보고를 했으며 간호장교는 약을 나눠주었고 병사는 물을 준비하고 있어야 했다.

병원이었지만 군인이기에 일과 시간 중에는 텔레비전 시청이 금지되었고 별다른 치료 일정이 없는 병사들은 다들 무료하게 시간을 보내는 것 같았다. 공중전화에서 전화를 하거나 연병장을 걷거나 책을 읽거나 PX를 전전하고 노가리를 까는 일상들이었다. 면회는 일과 중(09:00 ~ 16:30)에는 언제나 가능했고 서울에서 가까웠기에 많은 면회를 할 수 있었다. 부대 생활로 치면 매일 계속되는 휴일 같은 날들이었다.

'이래서.. 병원 가면……. 꿀 빤다고 했구나……'

물론 병원이 다친 사람들이 오는 공간인 만큼 안타깝고 어두운 면들도 있었다. 사단장에게 시범을 보이기 위해 무리해서 연습하다가 골절상을 입은 사람, 시민권을 포기하고 입대했는데 잔디를 깎는 작업을 하다가 제초기에서 뛰어오른 돌 파편에 한쪽 시력을 잃고 의가

사 전역을 하는 사람, 마음이 힘들었는지 철로 위에 누워서 자해를 한 사람, 그리고 잘린 다리를 들고 따라 들어가는 보호자.

그중 기억에 남는 녀석이 한 명 있는데 그 녀석도 해병이었다. 당시 내가 일병으로 진급한 지 3개월째 되고 있었는데 나보다 후임이었던 걸로 기억하건대, 졸병으로서의 부대 생활이 꽤 고달팠나 보다. 총 맞는 날짜(군병원에서는 퇴원하는 걸 총 맞는다고 표현한다)가 다가오자 녀석은 부대 생활에 대한 걱정으로 초조해하는 모습이 선명하게 보였다. 그리고 군병원에서 대대로 내려오는 '퇴원 연장할 수 있는' 비법에 귀를 기울였던 것 같다.

그 비법이란 자신의 무릎을 옆에서 강하게 밟아 줄 것을 남에게 부탁하는 것이다. 즉 자해하는 것이다. 다음 날 아침 투약시간에 OS(정형외과) 병동장은 00해병이 계단에서 굴렀는데 무릎 통증을 호소한다며 진료를 요청한다고 보고해야 했다.

철로 위에 누워서 생을 끝내려 했던 사람은 부대가 힘들었을까? 버티기 힘든 개인사가 있던 걸까? 하고 측은지심을 느꼈었는데 이 해병 녀석은 동정하고 싶은 마음조차 들지 않았다. 그런 선택을 하는 나약한 녀석이라고 그 당시에는 생각했다. 무슨 차이였을까? 우연히 다리 잘린 병사와 눈이 마주쳤었는데 그 눈 속에서 깊은 슬픔과 절망을 봤던 차이였을까. 이 일이 있고 며칠 뒤 나는 후방의 군병원으로 후송이 되었기에 더 이상의 소식은 알 수가 없었다.

지금은 어느 정도 이해하지만 군 생활을 피하고 싶어 하는 사람들에게 좋지 않은 눈빛을 보냈던 23살의 내가 있었다. 그 정도가 조금 심했는데 당시 군병원에서 나의 가장 큰 걱정은 세 차례의 수술을 견디며 몸에 장애가 생기면 어쩌나가 아니었다.

'부대에서 쫓겨나면 어떻게 하지?'

여러 특수 작전을 실시하는 특수수색대의 특성상 부상자도 종종 나왔었고 여러 달의 요양이 필요한 병사는 일반 보병부대로 전출을 보내곤 했다. 수색 전문교육을 받지 못한 인원은 더욱 전출 확률이 높았고 나는 5월에 수색 전문교육이 예정되어 있었기 때문에 더욱 걱정이 컸다. 3개월을 병원에 있다가는 2007년의 교육 일정이 모두 끝이 나고 2008년 5월에는 전역을 앞둔 병장이 되어있을 테니 부대로서는 나를 데리고 있을 이유가 하나도 없었다. 대소변을 침대 위에서 봐야 했던 그 1주일 동안 부대에서 쫓겨날 것을 걱정했던 나도 정상은 아니었던 것 같다.

다행히 부대의 배려 덕분인지 안전사고에 대한 책임감 덕분인지 나는 부대에 잔류할 수 있었고 그 다음 해 수색교육이 연 2회에서 연 3회로 늘어나면서 3월에 후임들이 조교로 들어온 62차 수색 전문교육을 받을 수 있었다.

자신이 원해서(?) 다치든, 사고로 다치든 많은 청년이 분단국가에 태어난 죄로 억만금을 줘도 바꾸지 않을 20대의 꽃 같은 나이에 짧게는 21개월에서 26개월까지 갇혀들 살아야 한다.

사회에서는 하지 않을 위험한 일들을 하다가 손발이 잘려나가고 부러지고 다치고 잃는다. 군병원에 있어도 갇혀 있는 건 똑같은데 훈련이, 내무생활이 힘들어서 온갖 꾀병과 자해를 해서라도 좀 더 편한 군병원에 갇혀 있으려 하는 비극이 벌어지고 있었다. 물론 누군가는 이렇게까지 하기 싫어하는 의무를 대다수의 국군 장병들은 오늘도 성실하게 해나가고 있다. 그런 그들에게 더 좋은 대우와 사회적 존경이 함께 했으면 하는 바람이다.

미국에서는 군인들에게

"Thank you for your service."

라고 감사의 인사를 건네는 문화가 있다고 한다. 현역이 아니라 퇴역군인에게도 이런 인사를 건넨다. 반면 우리나라는 어떠한가? 군인들에 대한 감사와 존중이 있는 나라인가?

"조류 독감이 퍼진 뒤로 닭요리만 나와요~"

라는 얘기가 유머로 통하고 있다는 데서 군인에 대한 고마움이 있는지를 생각할 수 있다.

물론 군인들에 대한 처우는 점점 좋아지고 있다고 생각한다. 인권 문제는 물론이고 다 같이 누워 자야 했던 침상에서 개인 침대가 되는 등 환경은 좋아지고 있다. 2006년에 5만 원쯤 하던 이병 월급이 2020년에는 40만 원이 넘는다고 하니 바람직하게 발전되어 가고 있는 것이다. 그쯤은 돼야 저축이라도 해보지! 그런데 일부 인터넷 커뮤니티에서 남녀 갈등의 문제가 심각해지면서 군인에 대한 조롱과 희화화가 보편화되어 가고 있다. 어린 시절 초등학교에서 군인 아저씨 고맙다며 보내던 위문편지 감성은 없어진 지 오래고, 군인에 대한 고마움은 표현하는 문화는 해가 갈수록 바닥을 치고 있다. 남을 깎아내리는 군 부심에 손뼉 쳐줄 필요는 없지만, 묵묵히 자기 임무를 수행하고 나라를 위한 의무를 다하는 군인에게 상처를 주는 세상이 되지 않았으면 하고 바라본다.

 Jeong Daewon

13 그때의 수도병원

2010년에 천안함 관련된 뉴스를 보고 있는데
화면에 수도병원이 나왔다.

군인들 다쳤다는 뉴스만 보면
그 날 생각에 다시 겁이나.

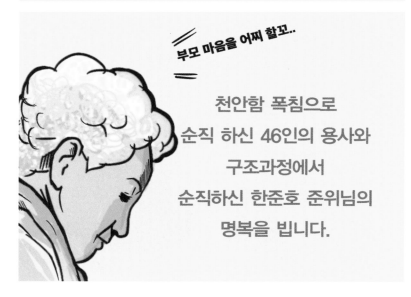

부모 마음을 어찌 할꼬..

천안함 폭침으로
순직 하신 46인의 용사와
구조과정에서
순직하신 한준호 준위님의
명복을 빕니다.

Kim Seokjin

"휴가, 아…. 휴가!"

모든 군인이 고대하는 순간이 휴가가 아닌가 한다. 그중 이병 때 처음 나가는 휴가는 정말 잊을 수가 없는 순간이다. 우리 해병대는 휴가를 나갈 때면 정복을 입고 정모를 쓴다. 이병의 휴가복은 선임들이 챙겨준다. 보통 일병이나 상병이 준비를 해 준다. 옷을 치수에 맞게 구하고 칼 주름을 잡고 워커를 깨끗하게 닦는다. 휴가 전날 나의 체스터에는 칼같이 다려진 정복과 정모가 걸려있고 워커가 준비되어 있다. 마지막으로 고참 선임이 한 번 더 확인한다. 그리고 휴가를 나가는 날이면 선임들이 용돈을 챙겨주기도 한다. 이게 해병대의 정이라 생각한다.

근데 문제는 내가 일병이 되면 휴가자가 생기는 게 두려워진다는 거다. 특히나 같은 내무실에 휴가자가 겹쳐서 발생하면 그날은 머리에 헤드 랜턴을 착용하고 밤새 다림질을 해야 한다. 열심히 다렸는데 주름이 잘 가다가 두 줄이 되어 버리는 경우가 발생하면 정말 허무함을 느낀다. 특히나 훈련으로 준비할 시간이 부족한 때에는 더욱 빡세다. 힘들어도 동기랑 붙어서 몰래몰래 웃으며 하다 보면 재미있기도 하다. 병장이 돼서는 심심해서 아끼는 후임이 휴가 나갈 때면 후임 옷을 다려준 적도 있었다. 요즘은 본인이 휴가 날짜를 정하기도 한다는 데 참 좋은 제도인 것 같다.

포항에서 내가 살던 경기도 광명시까지 가려면 거의 하루가 소비된다. 고속버스를 타고 집에 도착하면 저녁 무렵이고 복귀하는 날은 아침 일찍 집을 나서야 한다. 그렇기에 4박 5일 휴가는 정말 순식간에 지나간다. 그래도 오랜만에 만나는 부모님이 정말 반갑고 친구들을 만나 짜장면도 먹고 술도 한잔 기울이다 보면 부대에 들어가기 싫다는 생각이 조금씩 들기도 한다. 특히나 이병 때는 정말 들어가기가 싫었던 것 같다. 제일 싫었던 게 매일매일 부대에 나 무사하다고 전화를 해야 하는데 왜 휴가 나와서까지 선임 목소리를 들어야 하나 하는 생각에 짜증이 났었다. 근데 신기하게도 짬이 찰수록 휴가를 마치고 부대로 향하는 발걸음이 가벼워진다. 심지어 병장 때에는 얼른 들어가고 싶다는 생각이 들기도 했었다. 부대가 그립고 집같이 느껴진다.

"내가 미친 건가? 어떻게 독립해서 나온 나만의 집이란 생각이 들지?"

하는 생각이 들기도 했지만 그만큼 부대에 적응하고 나보다 선임자가 적으니 마음이 편해서 그랬던 것 같다. 그리고 그때쯤 되면 부대 생활이 재미있다. 후임들과 장난도 치고 다른 중대에 있는 동기들도 맘 편히 만날 수 있으니 말이다. 심지어 전역하고 나서는 후임들 목소리가 듣고 싶어서 부대에 이따금 전화하기까지 한다. 반가운 후임들 목소리를 듣고 싶어서. 물론 후임들은 싫어할 수도 있지만…….

우리 수색대는 부대 입구에서 큰 거리까지 직선 도로가 쭉 뻗어있다. 휴가를 복귀할 때 매번 보던 이길, 멀리서 보이는 부대 입구, 똑같은 풍경이지만 시간이 지나며 다르게 느껴진다. 이병 때는 왠지 뛰어가야 할 것 같고 병장 때는 느긋하게 가벼운 발걸음으로 걸어가며 위병소 근무자에게 반가운 인사를 건넨다. 어찌하든 시간은 흐르고 누구나 짬이 찬다. 그러니 군 생활이 할 만한 것 아닌가?

휴가 이야기를 간단히 쓰고 마무리하려다 불현듯 '첫' 휴가 때 부모님의 눈물이 생각난다. 아빠가 된 지금 그때를 떠올리니 부모님의 마음이 더 가까이 느껴진다.

KTX 광명역에 마중 나오신 어머니에게 역사가 쩌렁쩌렁 울리도록 거수경례와 함께 신고를 했다.

"필승! 신고합니다~ 이병 김석진은 0년0월0일에 휴가를 명받아 이에 신고합니다! 필! 승!"

어머니는 까맣게 그을리고 살은 빠졌으나 다부져진 나를 보고 눈물을
흘리셨다. 어머니를 한번 안아드리고 집으로 가서 이런저런 얘기도 나누
고 음식을 먹고 있으니 아버지가 일을 마치고 돌아오셨다.

나는 아버지에게 첫 휴가이니 신고를 해야 한다고 했으나 아버지는 괜
찮으니 하지 말고 식사를 하자고 하셨다. 그래도 난 하겠다고 했고 정모
를 갖춰 쓰고 큰 목소리로 신고를 했다. 그랬더니 아버지가 갑자기 안방
으로 들어가셨다. 왜 그러시나 했더니 손등으로 눈을 가리고 눈물을 흘리
고 계셨다. 그런 아버지를 보고 나도 눈시울이 따듯해지는 걸 느꼈다.

입대하는 날도 담담하셨던 아버지인데 이런 모습을 보니 그동안 표현
을 안 하셨던 아들에 대한 애정이 깊이 느껴졌다. 부자간의 정은 밖으로
드러나기 보다 내면으로 느끼는 게 아닌가 하는 생각이 든다.

수색교육 지옥 주 때다. 며칠간 잠을 못 자 지치고 정신이 혼미해져 있
을 무렵 우리는 어두운 달빛 아래 차가운 새벽 바닷물 속에서 어깨동무를
한 체 뒤로 취침하란 명령을 받았다.

"앉아! 일어서! 앉아! 일어서! 조나~? (악!) 졸아~? (악!) 잠이 오지? 오와 열~ 오와 열~! 어깨동무! 뒤로 취침! (조교들은 노를 이용해 쉴 새 없이 얼굴 위로 바닷물을 뿌린다.) 교육생~ (악!!) '어머님의마음' 을 합창한다! 목소리 한번 들어보겠어~ 하나 둘 셋 넷!!"

"낳실 제 괴로움 다 잊으시고 ~ 기르실 제 밤낮으로 애쓰는 마음 ~
진 자리 마른 자리 갈아뉘시며....."

모두가 흐느끼며 노래를 부른다. 목이 막혀온다. 험악한 사내들의 어깨가 떨려오고 가슴속이 뜨거워진다. 울음소리와 노랫소리 그리고 파도소리가 어우러져 바다를 물들인다.

군대에서 가장 그리고 절실하게 느껴지는 게 부모님이다. 새삼 부모님의 은혜를 그리고 자신의 불효를 돌아보게 한다. 군대에 가면 효자가 되어서 돌아온다는 말이 있다. 입대해서 부모님과 떨어져 고생하다 보면 항상 곁에서 버팀목이 되어주시는 부모님의 고마움을 더 절실히 느낄 수 있을 것이다. 불안해하시는 부모님의 마음을 살펴 편지도 전화도 자주 하라고 말해주고 싶다. 그리고 꼭 건강하게 전역해야 한다!

보잘것없는 계급장,
이병과 일병을 지나 작대기 3개를 단 상병이 되니
왠지 모를 자신감이 생겼다.

PART 04

상병,
인생의 참맛을 알다

 Kim Jiyang

01 드디어 상병

　　보잘것없는 계급장, 이병과 일병을 지나 작대기 3개를
단 상병이 되니 왠지 모를 자신감이 생겼다. 우리 부대에서 상병은
'이급' 수색요원에서 '일급' 수색요원으로의 승급을 의미했다(물론
사병들끼리의 이야기). 후임병들 사이에서도 상병부터는 "OO 일수님!"
으로 불렸다(일급 수색요원의 약자). 여러 가지 인계사항이 풀렸다. 처
음으로 양손으로 젓가락도 사용하며 식사를 할 수 있는 시기가 된
것이다. 이병과 일병은 부대 내에서 힘든 일들을 도맡아서 했다면,
상병부터는 중요한 업무나 임무에 배치가 되었다. 대부분 경험이 상
당했던지라 게으름을 피우면서도 자신이 할 일은 다 할 수 있게 되
는 시기였다.

　야간 근무 준비를 하게 될 때 상병 이상의 계급자들이 천천히 준비

하는 시간과 이병이 최선을 다해서 빠르게 준비하는 시간이 비슷하게 걸리는 이유는 지금 생각해도 수수께끼이다. 어떨 때는 후임병을 정신 차리게 하려는 의도로 아닌 척하면서 빨리 준비해서 후임병을 당황케 하는 경우가 있기도 했다. 역시 삶의 경험은 아무도 무시할 수 없는 것이다. 이런 경험들을 통해서 사회에서도 선배들에게는 절대 함부로 하지 않아야 한다는 마음가짐을 배울 수 있었다.

걸레로 침상을 닦던 이병, 빗자루를 잡던 일병, 대걸레를 들던 상병. 노는 것처럼 보이지만 전투병의 핵심 병장. 짧은 2년 동안이어도 각자가 할 일은 최적화되어 있었다. 모두가 일사불란하게 움직이는 청소시간을 보면 공장형 시스템과 같다고 볼 수 있었다. 해상훈련이 많은 우리 부대에는 늘 모래와 먼지들이 많을 수밖에 없었는데 그로 인한 어마어마한 더러움이 늘 한순간에 없어지는 것을 보면 신기했다.

상병이 되면 제법 삶의 여유가 생겼다. 공자는 삶에서 불혹(40살)이 되면 세상일에 정신을 빼앗겨 판단을 흐리는 일이 사라지고 세상의 미혹함이 없어진다고 했던가? 군대에서의 상병은 그 정도의 짬밥과 여유로움이 생기는 시기가 아닐까 싶다. 이병과 일병의 치열한 삶에서 조금은 벗어나서 종교 생활도 하며 군대의 맛을 알고, 멋을 즐기는 시기라고나 할까? 그래서 이 시기가 되면 일명 '사제 폼클렌징'을 쓰는 등 자신의 외모에도 관심을 갖게 되기도 하는 것이다

Kim Jiyang

02 사나이 라이프가드

우리 부대는 여름 내내 바다에서 살았다. 자체 훈련으로 바다 수영도 많이 했지만, 일반 해병대 보병들의 전투수영 훈련 조교로 참가하기도 했다. 조교로 참가해서는 수색 전문교육에서 조교에게 받았던 설움을 해소하곤 했다. 교육을 받던 시절 그렇게 얄밉고 싫었던 조교의 모습을 내가 하고 있었던 것이다. 그래서 바람을 피워도

'내가 하면 로맨스, 남이 하면 불륜'

이라고 하지 않던가. 물론 이런 합리화는 옳지 않다. 스스로에 대한 객관적 시각(메타인지)을 잃지 않는 것은 굉장히 어려운 일이 아닌가 싶다. 그래서 나를 온전하게 객관적으로 볼 수 있는 기회와 시간을 자주 가질 필요가 있다. 군대라고 해서 예외일 수는 없다. 군대에

서는 어떻게 행동해도 괜찮고, 나중에 사회에 나가서만 잘하면 된다는 생각을 가지는 사람이라면 분명 사회에서도 그렇게 살아가는 사람일 가능성이 높다. 때와 장소에 상관없이 자신을 늘 잘 가꾸어 가야 하는 것이다.

입대할 때처럼 그 아지랑이 피어오르는 뜨거운 날씨의 여름날이었다. 난 어느새 상병이 되어 제법 군인의 모습을 갖추고 있었다. 그 시기에 특별훈련으로 대한적십자사와 연계하여 라이프가드 과정을 이수하게 되었다. 우리는 수색 기초 및 전문교육을 받았던지라 물이라면 하루 종일 떠 있어도 어렵지 않았기에 교육을 담당했던 라이프가드 인스트럭터(강사)들도 우리를 보며 감탄을 했다. 나는 그렇게 물놀이하듯 라이프가드 자격과정을 마쳤다.

교육 중 기억에 남는 것은 줄을 맞춰서 몇 시간을 입영하며 군가를 부르다 돌아가면서 음료수를 마시게 했던 일이었다. 처음에 시작하는 사람은 무거운 물통으로 시작해서 조금씩 먹고 옆으로 넘겨서 마지막 사람이 다 먹어야 하는 훈련이었다. 어쩌다 보니 마지막에 음료수가 제법 남아있었던 것 같다. 마지막 선임이 그것을 받아서 하늘 높이 들더니 '벌컥벌컥' 마시고 머리 위에 빈 통을 흔들며 터는 순간 다함께 소리 지르며 느꼈던 희열감이 생생하게 떠오른다.

이렇게 즐기듯 마친 라이프가드 자격증 덕분에 전역과 동시에 한 달 동안 워터파크에서 라이프가드도 하게 되었다. 군대에서의 경험도 긍정적으로 바라보고 내 삶의 폭넓은 경험으로 만들어갈 필요가 있다. 어떤 경험도 그저 시간을 버리고 낭비하는 것이 아니라 평생의 힘이 되는 경험으로 삼을 수 있는 것이다. 지금도 물이 있는 곳이라면 어디를 가든 반갑고 자신감이 넘친다.

 Kim Jiyang

03   공수훈련,
         낙하산에 몸을 싣다

이런저런 이유로 나는 공수훈련을 늦게 받았다. 보통 부대에서 많이 하는 막타워 훈련이 아닌 C130, 시누크, 헬기 등을 타고 뛰어내리는 공수훈련을 받았다. 다시 3주 정도의 기간 동안 사단 내의 공수훈련단을 오가는 훈련병이 되었다. 계급이 올라가면서 느슨해진 나를 다시금 다잡아 볼 수 있게 된 소중한 기회였다. 해병 공수 152차. 겨울 즈음이라 날씨가 제법 추웠는데 종일 구르고 뛰어내리고 하다 보면 구슬땀이 온몸을 적셨다. 종일 구르고 뛰어내리는 등 이렇게까지 무식한 훈련을 해야 하나 싶기도 했지만, 막상 강하하려고 하늘에 올라가 보면 그런 기계적인 훈련이 얼마나 필요한지 절실하게 깨닫게 된다.

남들은 돈 내고 즐기는 레저를 우리는 훈련을 목적으로 하고 있으니 다른 시각에서 생각해 보면 좋은 경험이라고 생각해 볼 수도 있었다. 혹시 낙하산이 펴지지 않는 것은 아닐까 하는 불안감을 매번 가지기도 하지만 그런 일은 없었다. 공수훈련 이후에는 해상강하, 육지 강하 등 훈련 포함 10여 회의 강하 훈련을 받았다. 군 생활에서 불평불만을 하자면 끝이 없다. 그렇지만 우리에겐 불만보다 더 큰 경험과 깨달음이 선물로 주어졌다. 공수훈련을 통해서 '해병대 수색 교육'의 휘장이 온전하게 완성되는 경험을 하게 되었다.

"일만, 이만, 삼만.... 산개 검사... 착륙 준비!"

(공수 구호가 아직도 잊히지 않는다.)

Kim Jiyang

04   상병 5호봉,
       인생의 꽃을 피우다

　　　해병대 수색대에서의 꽃길을 맞이하는 상병 5호봉. 이 때부터는 일명 '알상병'이라 불리며 거의 대부분의 인계 사항(하지 못하는 것들)이 풀린다. 이제 편하게 운동도 하고 개인적인 시간도 자유롭게 활용할 수 있다. 제법 군 생활이 익숙해지기도 했고, 조금씩 사회로 나갈 준비가 필요한 시기가 되기도 한 것이다. 가장 좋았던 것은 주말에 동기들과 함께 웨이트 트레이닝도 편하게 하고, 선임들과 탁구도 치며 자유로운 주말 시간을 보낼 수 있는 것이었다. 더욱이 책도 편하게 볼 수 있어서 그동안 읽고 싶었던 책들을 마음껏 볼 수도 있었다. 비록 1년 반을 책과 담을 쌓고 살아서 눈에도 머리에도 책의 내용이 빨리 들어오지 않았지만, 책을 들고 있을 수 있다는 사실 자체가 행복이었다.

이 시기부터는 제법 멋도 부렸다. 늘 군복도 깔끔하게 정비해서 입고, '싸제'(바깥세상에서 파는 샴푸, 로션 등)를 이용하기도 하였다. PX를 가고 싶을 때 이용할 수 있는 것도 이때부터였는데, 내가 먹고 싶은 것을 선택해서 먹을 수 있다는 사실 자체가 좋았던 것 같다. 사실 우리 부대는 특수임무를 맡은 부대라 부식류가 일반 부대보다 많았고, 반찬류도 늘 1가지씩은 더 나왔다. 그래서 먹는 것에 대한 부족함은 없었지만, 내 자유의지에 의해서 먹거리를 고를 수 있는 PX에 가는 것은 또 다른 재미요, 기쁨이었다.

상병 5호봉 군대에서의 황금기가 찾아왔다면 우리 삶에서의 황금기는 언제쯤일까? 각자가 생각하는 황금기는 다르겠지만 내 개인적인 의견으로는 아마 40대 무렵이 아닐까 싶다. 직장생활에서 안정기가 찾아오기도 할 것이며, 어느 정도 무르익어가는 삶. 물론 아직은 부족함도 있고 해야 할 일도 많지만, 20대에 겪는 불확실성보다는 안정성을 더욱 맛보는 시기가 아닐까 싶다. 안정 속에서 조금의 일탈을 경험하고 싶기도 하겠지만 방심을 하는 순간 내 행복이 달아나기도 할 것이다. 그것은 하고 싶은 일을 누리는 자유로움과 해야 할 일에서 오는 책임감의 오묘한 조화가 필요한 시기이다. 상병 5호봉이 되어 갑자기 누릴 수 있는 자유가 많아졌지만 그 자유를 남용하다가 선임들이나 간부들에게 된통 당하기도 했다. 우리의 삶에서도 개인의 자유가 지나치면 좌절이 찾아올 수 있다. 그래서 누구든 짧은 군대 생활에서의 작은 경험을 발판삼아 삶에서의 지혜를 구하는 것도 좋겠다.

Kim Jiyang

05 50km 야간 급속 행군, 한계에 도전하다

행군이라면 지긋지긋할 만큼 많이 했다. 천리행군도 경험했고, 30~50km 행군은 여러 차례 해왔기 때문이다. 그런데 50km 야간 급속 행군은 달랐다. 4~5명으로 이루어진 팀별 행군이었고, 팀별로 출발 시간과 도착 시간을 확인해서 순위를 정하는 훈련이었다. 온전히 길을 찾는다면 다행이겠지만 길이라도 잃으면 60km도, 아니 그 이상이 될 수도 있는 훈련이었다.

그것은 일반 행군과는 달랐다. 군복, 군화, 전투조끼, 총기와 함께하는 야간 산악 마라톤이라고 생각하면 적당하겠다. 20~30km까지는 무난했다. 체력도 충분했고 금방 도착할 것 같았다. 그런데 시간이 새벽으로 치닫자 집중력이 흐트러졌던 건지 길을 잃고 말았다. 야간이라 지도도 제대로 볼 수 없었고, GPS를 통해서 점점 원래 경로와 멀어져 가는 것을 확인했지만, 이미 너무 늦어 돌아갈 수밖에 없었다. 도착했을 때는 동이 트고 있었다. 5~6시간 정도면 완주했을 거리였는데 7시간 가까운 시간이 되어서야 도착하고 말았던 것이다. 장구류를 정비하고 나서야 잠자리에 들었다. 보다 더 거리가 긴 천리행군에서는 지구력이 필요했다면, 그에 비해 짧은 거리였던 야간 급속 행군에서는 온갖 체력의 바닥을 경험했다. 순발력부터 지구력까지 모든 체력적 요소들을 필요로 했기 때문이었다. 처음엔 1등을 목표로 했지만 도착해서는 무사히 도착한 것에도 만족했다. '전역 전까지 야간 급속 행군만큼은 다시 안 했으면 좋겠다.'는 생각을 하며 깊은 아침잠에 빠져들었다. 역시 이상과 현실 사이에는 간극이 존재하는 것이다.

Kim Jiyang

06 두 번째 동계훈련, 천리행군, 전술전기

첫 번째 동계훈련과 천리행군은 '설렘' 그 자체였다. 계급도 그러했기에 첫 번째 동계훈련에서는 이런저런 생각을 하기보다는 해야 할 일들에 최선을 다하며 지냈다. 그러나 두 번째 동계훈련에서는 온갖 생각이 많이 떠올랐다. 어떻게 하면 좀 쉽게 할 수 있을까? 어떻게 하면 즐겁게 할 수 있을까 하는 생각을 했던 것 같다. 그렇게 맞이한 두 번째 동계훈련과 천리행군. 한 편으론 좀 편하게 지내고 싶었던 마음도 있었을 것이다.

영하 20도를 넘는 대관령에서의 동계훈련이 편해 봐야 얼마나 편하고 천리행군이 좋아야 얼마나 좋겠는가? 우린 익숙함으로 나태해진 생각을 가다듬는 것이 얼마나 필요한지 다시금 경험하고 있었다. 훈련 도중 몇몇 방송사에서 촬영을 오기도 했다. 웃통을 벗고 눈밭을 누비며 훈련하기도 했고 추위에서도 굴하지 않는 모습을 연출하기도 했다. 하지만 실제의 훈련은 그런 연출보다 훨씬 힘들었다. 영하 30도 가까이 떨어지는 겨울의 대관령에서는 땅속에서 밤을 보내고, 허리춤까지 올라오는 눈길을 완전군장으로 기동하려면 한겨울에도 얇은 티 한 장이면 충분했다. 결국, 느슨해진 생각으로 시작은 하지만 계급에 상관없이 누구나 자기가 해야 할 일들을 완전하게 해내는 팀만이 웃으며 돌아올 수 있다는 것을 깨닫게 된다. 산에 내린 눈을 판초우의로 옮겨가며 우리의 발로 다지면서 만들었던 슬로프에서의 스키 훈련도 마찬가지였다.

두 번째 천리행군은 보다 강화된 훈련으로 진행되었다. 낮엔 자고 야간 기동으로 천리행군을 하게 된 것이다. 비어있는 비닐하우스에서 자기도 했던 첫 번째 천리행군과는 달리 추운 날씨를 뚫고 은신처를 텐트로 만든 뒤 그곳에 숨어서 팀별로 자야 했다. 때론 손이 끊어져 가는 듯한 고통을 느끼기도 했던 것 같다. 그런 어려움 속에서 우린 도착하자마자 있을 사단 전술전기 준비도 병행했다. 오전엔 잤지만, 오후엔 일어나서 각자가 속한 전술전기 훈련을 한 것이다. 나는 윗몸 일으키기와 팔굽혀펴기 팀에 속했다. 10여 명이 속한 팀원이 3분간 최대 개수를 해야 했다. 몸도 마음도 힘들었지만 '이 또한 지나가리라' 하는 생각으로 했다. '자! 지금부터 일어나지 말고 각자 팔굽혀펴기 300회 실시, 윗몸일으키기 300회 실시, 임무교대!' 그렇게 우린 천리행군으로 지친 우리 몸을 전술전기 준비로 혹사하고 있었다. 어쩌면 혹사가 아니라 천리행군으로 빠진 근육을 강화하는 훈련이라고 해야 할지도 모르겠다. 그렇게 하루하루를 보내다 보니 어느새 포항에 도착했다. 도착과 동시에 몸을 추스를 겨를도 없이 전술전기 준비가 본격적으로 시작되었다. '산 넘어 산'이었다.

  우리가 맞이하는 삶도 이와 같지 않을까? 이 일이 끝나면 새 일이 기다리고 있고, 정신없는 오늘이 끝나면, 더 정신없는 내일이 기다리고 있고. 그런 가운데에서도 저마다의 작은 행복들을 만끽하고 살아가는 것이 삶인 것이다. 몸과 마음이 힘든 상황에서도 우린 어제보다 나은 우리를 보며, 또 힘든 하루를 보낸 후 맞이하는 성취감에서 행복을 느낄 수 있다. 평범한 일상의 작은 일에도 감사함을 느낄 수 있다면 우리 삶은 더 행복하다.

Jeong Daewon

07   임 따라 천리라도 갈까 보다

"한겨울 임 따라 천리라도 갈까 보다"

천 리는 400km이다. 해병 특수수색대는 매년 겨울 강원도 황병산에서 부대까지 천리행군을 실시한다. 일부 겨울에 입대한 기수를 제외하고는 군 생활 중 2번의 천리행군을 해야 했다. 몸을 최고의 상태로 만들고 걸어도 힘든 훈련인데 부대를 떠나 매우 열악한 환경의 임시 병사에서 4주간의 훈련을 한 뒤 출발한다. 혹한의 추위 속에서 3주간 전술 스키 훈련, 1주간은 눈 덮인 산속에서 땅을 파고 자야 하는 종합전술훈련을 마치고 온몸이 녹초가 된 상태에서 시작하는 것이다. 행군하는 날까지 합치면 동계훈련만 6주 일정인 것이다. 동계훈련에서 기억에 남는 것이 두 가지가 있다.

첫 번째는 엄청난 부식이다. GOP 출신 친구와 "우리 밥이 더 잘 나온다"라며 경쟁하듯 얘기를 했던 기억이 있다. 어디든 외출, 외박이 제한되거나 가혹한 환경에 놓여있으면 부식이 잘 나오는 것 같았는데. 황병산에 도착했던 첫날. 저녁을 먹고 간식을 받았는데 1인당 초코파이 12개입 한 박스, 프링글스 긴 것 한 통, 요플레 500mL를 받았다. 다음날은 초코바 12개입 한 박스, 프링글스 긴 것 한 통이 나왔다. 과업이 있는 월요일부터 금요일은 매일같이 간식이 이렇게 나왔다. 마지막 날에는 일반 과자봉지 30개가 담긴 큰 박스를 1인당 한 개씩 나눠주었다. 마지막 날 부식은 부피가 컸던 만큼 모두 다 먹지 못해서 봉지를 뜯어 과자만 모아서 황병산 어느 자락에 파묻었던 기억이 난다.

이뿐만 아니라 주 1회 1인 1치킨의 날이 있었다. 이날은 모두 받는 저 간식을 먹어 치우면서 치킨 한 마리까지 먹어야 한다는 것이다. (저녁밥은 기본) 그런데도 살은 찌지 않았다. 하루에 만 칼로리를 먹어 치우는데 말이다.

두 번째는 뉴스 촬영이다. 매해 1월 1일이나 설날을 맞이하여 국군 장병들이 혹한의 추위 속에서도 가족의 안녕을 위해 훈련에 매진하고 있다는 변하지 않는 폼의 뉴스가 나온다는 걸 군인이 되고 나서야 알았다. 좀 더 그럴싸한 장면을 위해서인지 평소에 하지 않는 훈련을 한다. 그중 가장 대표적인 훈련이 설욕(雪浴)이다. 눈 마사지를 하는 장면으로 약 60여 명의 중대원들이 눈밭에 뛰어들어 온몸에 눈을 바른다. 정말 짧게 약 30초가량 촬영을 하고 끝나면 바로 옷을 입고 뛰어 들어간다. 그 외에도 윗옷을 벗고 구보를 한다든지, 옷을 벗고 무적도(해병대의 특공무술)를 하며 상대를 눈밭에 패대기친다든지, 얼음물을 깨고 들어가서 군가를 부르는 모습들을 촬영을 한다. 지금 생각해 보면,

"이게 뭔 뻘짓이야~"

감기라도 걸리면 전투력 손실인데 싶지만, 뉴스가 방영된다는 날 저녁에는 혹여나 뉴스에 얼굴이 스쳐 지나가진 않았을까? 가족이나 친구 중 나를 알아보지 않았을까? 하는 기대를 하며 잠이 들었다.

Kim Jiyang

08 마지막 고비, 상병 말호봉
(일명 공포의 '상말')

　　해병대 상병 말호봉. 병장을 앞둔 한 달은 가장 많은 정신적 스트레스를 받는 시기가 된다. 모든 훈련과 생활 전반을 책임지는 시기이기 때문이다. 간부들도 모든 일을 상병 말호봉의 병사와 함께 의논하기도 했다. 상병 5호봉이 되어 좀 편해지나 싶더니 몰아닥치는 모든 정신적 스트레스는 사람을 돌변하게 만들기도 했다. 병장들이 하는 모든 말은 상병 말호봉('상말')에겐 법과 같았다. 그래서 상말은 이병부터 모든 상병을 매의 눈으로 바라보고 부대 내의 티끌 하나까지 살펴보곤 했다. 아마 회사로 따지면 부장급의 관리 계급이라고 하면 비슷하지 않을까 싶다. 그냥 나만 잘하면 되는 시기가 아니라 아래의 후임병들을 모두 관리해야 하며 병장들의 비위도 잘 맞춰서 지내야 하는 시기이기 때문이다. 이때 만나는 병장들의 됨됨이는 그 사람의 복이었다. 행여나 성질이 고약한 병장들이 몇몇 있는 상황에서 상말 시기를 맞이하면 그야말로 극도의 스트레스를 경험하게 되곤 했다.

입대 전에는 내 위주로 생각하고 행동했다면 군대에 들어와 좀 더 넓은 시야를 갖게 되는 것은 사회생활을 준비하는 시기의 나에게 큰 경험이 되었다. 전체적인 상황을 고려하면서 생활하는 것, 직장생활을 하지 않은 상태에서 군대에서 먼저 해보는 경험은 훗날 나에게 큰 힘이 되었다. 물론 그런 경험을 하지 않고서도 사회생활 속에서 조직 문화와 대처 방법을 배워도 좋았겠지만 군 입대가 피할 수 없는 상황이라면 우리에게 필요한 것들을 익힐 수 있는 소중한 경험이 되도록 하는 것이 내게도 좋은 것이었다. 군대에서의 경험은 피할 수 없는 초고속 속성 교육이었다. 그래서 더 의미 있기도 했다. 직장에서 나는 때론 피해버리기도 하고 그만둬버리기도 하지만, 군대에선 피할 수 없는 상황에서 나를 단련하는 경험을 할 수 있었다.

매달 바뀌는 상말을 보며 중간 리더의 역할에 대해서도 생각해 볼 수 있었다.

'왜 그리도 병장들이 하는 작은 말에 민감하게 반응할까?',
'별일 아닌데 왜 화가 날까?'
아마 상병 5호봉부터 맞이하는 자유를 만끽하다가 스트레스의 상황에 직면할 때 나타나는 현상이 아닐까 싶었다.

저 위치가 되면, 저 시기가 되면 그럴 수밖에 없구나 하면서도

'내가 저 상황이라면 어떤 모습이면 좋을까?'

하는 생각을 하곤 했다.

모 기업의 총수는 "리더가 위기의 상황에서 빠르고 정확한 판단을 해야 한다."고 했다. 상황을 바라보는 객관성을 잃지 않는 것은 그런 정확한 판단을 위해 선행되어야 할 부분이다. 내 위치가, 내 계급이나 직위가 그런 객관성을 잃도록 만들게 두어서는 안 될 것이다.

Kim Jiyang

09 위병소를 나서던 기억

       휴가를 나오거나 외출을 나갈 때 지나는 위병소. 위병소를 벗어나서 맞이하는 공기는 왠지 다르게 느껴졌다. 자유로움이 주는 행복감이라고 해야 할까? 나가면 늘 '청림마크사'를 들렀다. 그곳에서 배지, 부대 마크, 옷과 가방 등을 쇼핑했다. 그 시절 그것들을 보고 사는 것이 왜 그렇게 좋았는지 모르겠다. 나갈 때마다 이것저것 사서 집에다 기념품으로 가져다 놓는 선후임들도 많았다. 가끔 지나다가 지하철역이나 사람들이 많은 곳에서 지나가는 군인들을 보면 그들이 지닌 가방, 소품들을 유심히 보곤 한다. '민간인'에겐 그저 다 같은 군인과 군인의 물건으로 보일 뿐이겠지만 작은 소품과 다림질 하나도 얼마나 신경 써서 나온 것일까 생각해 본다. 그렇다. 그때는 그게 우리의 전부였다. 마크 하나, 다림질 하나, 잘 닦은 군화도 얼마나 소중했던가.

　마크사 이후에는 바로 '계강반점'(중화요리)으로 향한다. 아침부터 자장면과 탕수육에 술을 한잔 걸치면 내가 군인이었다는 사실을 잠시 잊곤 했다. 그 시절 계강반점의 음식들은 모두 하나같이 맛있었다. 전역하고 꼭 다시 가보고 싶은 곳이다. 사회인이 되어 가도 그곳의 음식이 맛있을지는 아직도 확인하지 못한 미스터리로 남아있다. 누구에게나 지난 시절을 추억하게 되는 음식이 있다면 내겐 위병소를 나서서 처음 먹던 사회의 음식, 계강반점의 탕수육과 자장면일 것이다. 그 추억의 음식을 동기들이나 아빠의 길을 걸어갈 아들과 함께 꼭 한 번쯤은 먹어보고 싶다.

Kim Jiyang

10   바다를 바라보는 낭만,
          영화 27도의 추억이 함께한 근무

군인들이 근무를 서는 것은 초소에서 하는 경계 근무를
하는 것이다. 우리 부대는 최전방의 지역에서 근무가 주된 임무인
부대와는 달리 침투, 첩보활동 및 항공작전임무가 주였기에 초소 근
무(이하 '근무')는 아주 작은 부분이었다. 바닷가를 바로 앞에 두고 있
는 부대였기에 바다를 바라보며 근무를 서는 것은 그 나름 운치가
있었다. 그러나 모든 군인에게 마찬가지겠지만 누구와 함께 근무를
서느냐에 따라서 그날의 하루 운세가 좌우된다. 성질이 나쁜(?) 선임
이라도 함께 걸리는 날은 하루 종일 근무를 걱정하며 보내게 된다.
혹여 새벽 2-4시 경의 근무를 함께 가는 경우에는 더더욱 그렇다.
가장 날카로운 상태에서 함께 하기 때문이다. 그럼에도 불구하고 새
벽녘 포항 앞바다에 떠오르는 태양, 밤바다에 비친 포스코의 아름다

운 불빛들은 군대 근무를 떠올릴 때 입가에 미소를 띠게 만들어 주는 (몇 안 되는) 감상적인 추억 중 하나로 남아있다.

2시간 근무를 서면서 개인적인 이야기를 나누는 것은 전우애를 돈독하게 하는 기회가 되기도 한다. 내가 선임 근무자로 들어가는 근무를 서게 되면서부터 근무는 '꿀'과 같아졌다. 대관령에서 동계 근무를 할 때에는 영하 20도를 밑도는 추위를 견뎌야 했다. 실제로 야외에서 소변을 보면 바로 언다는 것을 처음 경험하기도 했다. 바다의 바람, 대관령의 추위 모두 다시 한 번쯤 겪어보고 싶은 추억이 된 것은 그때의 나의 경험이 분명 지금의 나를 지탱하는 힘이 되었기 때문일 것이다. 어차피 하는 경험이라면 욕하고 불평불만 하기보다 나의 자양분이 되도록 하는 것이 나에게 훨씬 이득이 될 것이라고 그 당시에도 알고 있었던 것은 참 다행이다 싶다.

Kim Jiyang

11 　　벌 근무, 군기 교육

　　나는 후임들에게 그다지 무섭지 않은 선임이었다. 다들 나이가 어린 동생들이라 그렇기도 했다. 그런데 후임병을 관리하기 시작해야 하는 일병이 되니 스트레스가 극에 달했다. 내 후임들의 '찐빠(실수)'는 모두 나의 잘못이었다. 줄줄이 땅콩으로 엮여서 지속적으로 스트레스를 받으니 나도 변했다. 그 시절 난 나도 모르는 사이에 구타와 저변을 때때로 행사하는 선임이 되어있었다. 물론 모든 후임에게 그러지는 않았지만, 그 시절 난 부족한 후임들을 따뜻하게 감싸 안아주는 그런 선임이 되지는 못했다. 그 대가로 결국 행정관에게 끌려가서 엄청난 질타를 당하고 한동안 대관령의 추운 새벽 근무를 서기도 했다.

　　상병 때는 내가 해야 할 일도, 훈련에도 베테랑이 되어가고 있었다. 그런데 상병 5호봉이 되어 조금의 자유가 주어졌던 시절 동계훈련에서 예상치 못한 상황이 발생하고 말았다. 동계훈련을 위한 슬로프를 정비하는데 자기는 하지도 않으면서 병사들에게 과하게 일을 시키는 팀장(하사)에게 열이 받았던 것이었다. 결국, 명령에 따르지 않고 버티며 반항을 하다 머리통을 한 대 얻어맞았다. 맞으니 더 오기가 생겼다. 이에 굴하지 않고 그를 똑바로 쳐다보며 한마디 했다.

"팀장님! 적당히 하십시오."

이것은 내가 할 수 있는 유일한 경고였다. 결국, 난 중대장님께 끌려가 '동계훈련만 아니었다면 영창행이었다'는 소리를 듣고 남들은 슬로프를 누비며 훈련을 받을 때 홀로 쓸쓸히 군장을 메고 슬로프를 오르내려야 했다. 군장과 함께 슬로프를 오르내리는 와중에도 그 하사 옆을 지날 때면 눈을 부릅뜨고 똑바로 노려보았다. 그래봐야 나만 고생이었던 것을 왜 그리 생각이 짧았는지. 그때의 나도, 그 팀장도 거기서 거기였다. 간부라면 힘든 상황에서 솔선수범이 되어야 했고, 나 또한 선임병으로 후임들에게 좋은 본보기가 되어야 했는데 그렇지 못했던 것이다.

사회에서도 선배들의 지시에 따르지 않는 후배들을 보곤 한다. 요즘은 문화가 많이 바뀌긴 했지만 바른 지시에도 따르지 않는 후배들을 볼 때면 그 시절의 내가 떠오르기도 한다. 누구나 실수는 할 수가 있다. 나도 그랬다. 그래서 나는 그때의 나를 떠올리며 나와 다른 후배들을 많이 이해해보려고 노력을 하곤 한다.

Kim Seokjin

12 두 번의 동계훈련

우리 특수수색대는 1년에 한 번씩 강원도에 있는 설한지 훈련장으로 훈련을 떠난다. 그곳에서 2사단, 6여단 수색대 대원들과 모여 훈련을 받는다. 우리 1사단은 경주를 거쳐서 포항으로, 나머지 2사단과 6여단은 김포로 동계훈련의 마지막인 천리행군을 한다.

아직 이병이었던 12월 겨울, 개인 무장과 병기 및 필요한 짐을 꾸려서 밤 기차에 몸을 실었다. 포항에서 우리를 실은 밤 기차는 강원도로 향했다. 밤새 달려 다음날 아침 강원도에 도착했다. 우리는 차량에 옮겨 타 설한지 훈련장으로 향했다. 해병 전우회 선배님들이 차량을 에스코트해주시고 우리는 4주간 묶을 훈련장에 도착했다. 조립식 가건물로 지어진 막사와 나무로 된 이층침대 낡은 화장실은 과거로 돌아간 느낌을 주었다. 좁은 침상에서 다닥다닥 붙어서 짐을 풀어놓고 정리하고 동계훈련 준비에 들어갔다. 강원도는 매우 춥지만 공기만은 아주 상쾌했다.

전술 스키 훈련부터 시작이었는데 나는 스키 경험이 없어서 C조였다. C조는 아주 기초부터 배운다. 넘어지고 일어서고 A자 자세로 스키를 타고 내려온다. 내가 두 번째 간 훈련장엔 인공눈 생성기와 눈을 다져주는 궤도 차량이 있어서 더 좋은 환경에서 훈련을 시작했지만, 첫 번째 간 훈련에선 그런 것들이 없었기에 오전엔 대열을 갖춰 스키로 눈을 다지며 밑에서부터 올라간 후에 한 번 내려오고 다시 다지며 올라가고 내려오다 보면 점심시간이 되어갔다. 점심을 먹으려면 또 한참을 걸어서 병사로 돌아가야 했다. 그렇게 하루에 걷는 양만도 정말 많았다. 남들은 스키도 배우고 좋았겠다고 하지만 엄연히 훈련이다. 그리고 스키장에서 타는 그런 즐기는 스키가 아니다. 빠른 걸음으로 행군해서 슬로프에 도착하고 체조하고 언덕을 뛰어 올라가서 내려온다. 내려올 땐 잠시 좋을 뿐 다시 스키를 어깨에 들춰 메고 뛰어 올라가야 한다. 자연스럽게 체력이 좋아진다. C조에서 잘하면 B조로 다시 A조로 올라간다. 올라갈 때마다 슬로프도 길고 가파른 곳에서 훈련한다. 나도 나중엔 A조로 가서 훈련을 받았다. 하루 종일 훈련을 하기 때문에 심지어 야간에도 불을 밝히고 훈련을 하기도 한다. 실력이 정말 하루가 다르게 늘어간다. 2주 차가 되면 무장도 메고 타고 노르딕도 해보고 씰이란 것을 스키 바닥에 붙이고 스키를 탄체 오르막을 올라 보기도 하고 산속에 들어가서 그냥 산길에서 타기도 한다. 산길은 울퉁불퉁하고 굽이져서 넘어지기가 일쑤였다. 스키를 탄 채 대형을 갖추어 하강하고 사격 자세를 취하기도 하고 나중엔 완전 무장과 설한 복장으로 위장하고 공포탄 사격을 한다. 이렇게 시간 가는 줄 모르고 훈련을 하다 보면 전술 스키 훈련은 끝나고 야전훈련의 시간이 다가온다.

동계훈련의 좋은 점은 떨어져 있던 동기들을 볼 수 있다는 것이다. 물론 이병 때는 눈치 보여서 동기들과 쉽게 대화를 나누거나 할 순 없지만, 병장이 돼서 만났을 땐 모여서 정말 재미있는 시간을 보낸다. 또 먹는 것도 정말 잘 먹는데 간간이 오는 황금마차에서 간식을 사 먹기도 하고 여러 해병전우회 선배님들이 사다 주시는 무지막지한 간식을 쌓아놓고 먹는다. 정말 고맙기도 하지만 우리 선배님들 정말 통이 크시다. 절대 다 먹을 수 없다. 한 번은 밥을 먹고 얼마 되지 않아서 야식을 먹으러 식당으로 나오라 해서 나갔는데 1인 1닭을 주셨다. 정말 미쳐버리는 줄 알았다. 강원도 닭집에서 갑자기 밀려드는 주문에 튀긴 닭은 당연히 다 식고 맛있지도 않았다. 아무리 우리가 젊고 몸을 많이 써도 이걸 다 어떻게 먹으라는 것인가? 그래도! 이병은 다 먹어야 한다. 그날 우리가 괴로워하니까 보급관님이 다음엔 2인 1닭을 사주셨다. 그땐 닭이 싫었다. 다음날까지도 배 속에서 닭 냄새가 나는 듯했다.

그렇게 많은 부식을 먹고 힘내서 우린 야전훈련에 들어갔다. 처음부터 고지대 등반이 시작되는데 왜 운동선수들이 고지대에서 훈련을 하는지 그때 알았다. 살면서 그렇게 별로 높지도 않아 보이는 언덕을 오르며 숨을 헐떡여 본 적이 없다. 마치 지친 개가 헐떡이듯 나도 모르게 숨이 턱턱 막히고 가슴이 터질 것 같았다. 그래도 사람이란 신기한 동물은 무슨 상황에서든 적응을 한다. 사회생활도 그렇지 않은가? 아무리 힘든 일도 적응이 되게 마련이다. 그렇게 산을 오르고 목표지점에 도착 정찰을 하고 비트를 판다. 언 흙을 걷어내면 고운 흙과 고마운 돌덩이들이 나와 준다. 하지만 삽은 부러지면 안 된다. 고요한 밤, 땅속에서 자다 보면 참 묘한 기분이 든다. 팀원들과 돌아가며 무전을 잡고 쉬다 보면 또 이동할 시간이다. 허리까지 쌓여있는 눈을 뚫고 가기란 쉬운 것이 아니다. 발에 설피를 신어도 푹푹 빠진다. 그렇게 또 걷고 폭파 훈련. 목표물에 은밀히 다가가 경계하고 폭발물을 설치하고 퇴출한다. 그리고 폭파. 또 걷고 정찰하고 보고하고 대항군과 교전하고 땅 파고 그러다 보면 훈련이 끝나간다.

　　강원도의 눈바람과 상쾌한 공기는 아침마다 정말 기분을 좋게 해준다. 전역하고 강원도에 살아볼까 하는 생각도 했었다. 정말 건강해지는 기분이 든다. 반갑던 동기들과 작별하면 드디어 천리행군 시작이다.

　　난 내가 발이 약하다는 것을 군대에 와서 알았다. 첫 천리행군에서 새끼와 약지 발가락 껍질은 거의 벗겨져 나가다시피 했고 걸을 때마다 찌릿한 통증은 정말 힘들었다. 한쪽 무릎이 아파지고 이어서 다른 무릎도 아파진다. 말이 없어지고 그냥 이 악물고 걸을 뿐이다. 걷다가 보면 신기하게 쌓였던 눈들이 얇아지다 남쪽으로 더 내려가면 눈이 없어진다. 낮에 걷다가 반나절 쉬고 다시 밤에 걷기 시작한다. 시골 분들이 우리를 보고 놀라기도 하신다. 해병대 깃발을 보고 왜 해병대가 여기를 걷는 건가 하신다. 산길에선 미끄러져 넘어지기도 하고 온몸에선 씻지 못해 썩은 내가 난다. 숟가락 하나로 씻지도 않고 계속 밥을 먹어도 사람이 병에 걸리지 않는다는 것을 그곳에서 알았다. 함구(반함)에 고체연료를 이용해서 밥을 해 먹는데 밥을 먹고 그냥 긁어내고 탄 곳에 또다시 밥을 해 먹는다. 그래도 사람이 병에 걸리지 않는다는 것도 그때 알았다. 전투식량도 지겨워진다. 하지만 진짜 전쟁이라면 이렇게 해야 할 수밖에 없지 않은가? 이것도 참 좋은 추억이다. 이젠 냄비에 밥하는 것쯤은 자신 있다. 무릎이 너무 아파 바지를 손으로 잡고 걷기도 했다. (실제로 동계훈련이 끝나고 꿀 같은 첫 휴가 때 한의원에 가서 무릎 치료를 받았다. 뭐 특수부대원이면 응당 그러는 것 아닌가?) 그런데 K3 기관총을 메고 걸어가는 동기를 보니 참 마음이 숙연해지기도 했다. 나는 K1을 메고 걷고 있었으니……. 내가 힘든 순간 나보다 더한 고통을 이겨내고 사는 이들은 분명 있다. 힘들다고 투덜대지 말고 지금의 내 상황에서 즐거움을 찾고 더 윤택한 삶을 살기 위해 노력하면 될 것이다. 첫 번째 천리행군은 고통을 참아가며 힘들게 완주했지만, 다행히도 짬이 차고 2번째 천리행군 땐 정말 발이 잘 버티어 줘서 쉽사리 완주할 수 있었다.

역시 나를 죽이지 못하는 고통은 나를 강하게 만든다는 말이 맞다. 무엇이든 처음 해보는 것은 힘들고 어려울 수밖에 없다. 하지만 이겨내고 계속 나를 단련한다면 어느새 발전해 있는 자신을 발견할 수 있을 것이다. 이런 것들이 수색대를 전역한 나와 우리 동기들이 지니고 사는 인생의 무기가 아닌가 생각한다. 나뿐만이 아니라 내 동기들도 느꼈을 테니까. 그래서인지 우리 동기들은 현재 모두 잘 살아가고 있다. 교사, 본인(소방관), 성공한 사업가, 성실한 회사원 등 다들 본인의 위치에서 열심히 살아가고 있다.

동계훈련때 많이 부르는 군가가 있다. 하얀 눈 내린 산과 잘 어울린다.

-RCN 사나이-
가파른 산을 넘어 내리막길 찾아서~ RCN 사나이는 피와 땀을 흘린다. 푸른 파도 헤쳐라 자유평화 위하여~ 해병의 선봉들아~ 백두산을 넘어라~ 내 조국 내 강토에 사랑하는 부모형제~ 오늘도 수색대는 푸른 하늘 저 바다로 대관령 슬로프~~!

Kim Jiyang

"휴가를 떠올리다"
(위로 휴가, 포상휴가, 상병 정기휴가, 말년휴가)

4박 5일의 첫 휴가. 수많은 휴가 중에서도 가장 기억에 남는 휴가는 위로 휴가가 아닐까 싶다. 100일~150일 사이에 다녀오는 위로 휴가는 힘없는 이병의 계급장을 달고 나가는 첫 번째 사회 나들이였다. 부대 내에서는 눈길도 쉽게 주고받지 못했기에 동기들과 함께 처음으로 아는 척도 하며 신나게 나가는 휴가였다. 마침 부대에서 멀지 않은 곳이 집이었던 동기의 집이 통닭집을 한다기에 우리는 바로 그곳으로 향했다.

시간은 9~10시경. 해가 떠오르며 모두가 열심히 하루를 준비하는 시간이었다. 대로변에서 택시에서 내린 우리는 자연스럽게 줄을 맞춰서 섰다. 5명, 모두의 계급장을 모으면 다섯 줄. 지나가던 개도 웃을 광경이었을 것이다.

　"2열 종대! 오와 열!"

　"이동 간에 군가 한다. 군가는 수색대가!", "수색대가~~"

　"수! 중! 훈련 사계월에 수색대용사~~~ ♪"

　엄청난 소리로 쩌렁쩌렁 울리게 도로를 활보하며 불렀던 그 군가를 생각하면 지금도 민망함에 고개가 저절로 숙여진다. 그때 우리는 이등병의 하나밖에 없는 계급장을 달고도 자신감이 넘쳤다.

　"전체 차렷! 어머니께 대하여 경례! 필승!"

　"신고합니다~~~~~."

　친구 부모님께 휴가 신고를 함께 하고 맛있는 통닭을 먹고 전국 각지의 집으로 헤어졌다. 부대에서 훈련 중 그토록 질리게 먹었던 닭을 생각하면 아이러니한 일이었다.

　집으로 다가가는 차에서는 온전히 잠을 이룰 수 없었다. 우리 집을 향하는 이정표가 점점 집이 가까워짐을 알려주고 있었다. 얼큰하게 오른 술에 졸다가 깨다가를 반복하다 보니 어느새 고향 원주에 도착했다. 머릿속에서는 어머니를 처음 뵙게 되면 멋있게 경례를 하고 신고를 해야지 생각하고 있었다. 그런데 터미널로 마중 나오신 어머니의 모습과 글썽이는 눈을 보자 나도 모르게 울컥 눈물이 나왔다. 아니 왈칵 쏟아졌다. 미어지는 목을 부여잡고, 멋있지도, 크지도 않게, 그저 그런 신고를 했다.

"필!..... 승!..... 이병 김지양은 2006년 12월 00일 위로 휴가를 명 받았습니다. 이에 신고합니다. 필! 승!"

신고를 하는 나를 안고 그만하라고, 괜찮다고 어머니는 안아주셨다. 길가에서 이루어진 이등병의 첫 휴가 신고는 멋이 있었다기보다는 안타까운 모습이었을 것이다. 마치 눈물 젖은 이산가족 상봉과 같았다. 그렇게 맞이한 4박 5일이 어떻게 지나갔는지는 생각이 나지 않는다. 잠자는 시간조차 아까웠던 휴가였다. 집에서도 이병 생활을 하던 습관대로 손은 깍지 끼고 하늘을 보고 누워 잠을 자고, 새벽 6시에 칼같이 저절로 눈이 떠졌던 것을 떠올려보면 신기하게도 그 짧은 시간 내에 군인이 되긴 했었다는 생각이 든다.

그 이후의 휴가는 그다지 기억에 남지 않는다. 계급이 더해지며 조금씩 여유가 생겼고, 사회에 나와서는 군대와 다른 상황과 환경을 충분히 느끼며 여유 있게 휴가를 즐겼던 것 같다. 물론 다른 사람들이 보기엔 그저 왠지 상쾌하지 않은 남자 냄새가 물씬 날 것 같은 군인이었겠지만 말이다.

'언제 전역하나?'

　주먹으로 두 눈을 가리고 놀렸던 선임들의 말처럼 보이지 않던 전역은 휴가를 하나씩 다녀올 때마다 가까워지고 있었다.

병장 2호봉이 되면 드디어 모든 인계사항이 풀린다.
물론 3, 4, 5호봉의 병장들을
무시할 수는 없지만 군대 내에서 누릴 수 있는
모든 자유 권한이 주어지는 것이다.

PART 05

병장,
새로운 삶을 준비하다

Kim Jiyang

01 앗세이 병장

'앗세이: 새것, 좋은 것, 휘황찬란한 것, 뻔쩍뻔쩍 한 것, 이제 막 시작한 상태'

사병들 사이에서 병장은 또 하나의 별과 같았다. 5대 장성: '준장, 소장, 중장, 대장', 그리고 '해병대 병장'. 간부들이야 웃겠지만 더 오를 곳이 없는 병장은 우리 사병들 사이에서는 별 중의 별이었다. 대대장의 진급 신고를 한 이후에도 바로 제대로 된 병장으로서 인정받을 수 없었다. 그 이유인즉슨 선임 병장들에 대한 진급 신고가 남아있었기 때문이다. 최고 선임 병장이 제시하는 미션부터 하나씩 해결해야만 했다. 이때 그 미션의 난이도는 그가 어떤 군 생활을 했느냐에 따라 달라졌다. 이병부터의 생활이 우수했던 사람은 비교적 평이한 미션을 받았고, 온갖 고문관 역할을 했던 사람에게는 어려운 미션이 주어졌다.

때로는 턱걸이 수를 제시해 주기도 했고, 때로는 윗몸 일으키기, 단거리 달리기, 외줄 오르기, 탁구 등을 섞은 미션을 선물해 주기도 했다. 이병부터 몸을 쓰는 체력 활동에 익숙한 우리였기에 우리 마음에 반은 즐거움, 반은 조급함이 있었다. 동기들이 같이 있는 경우, 한 명이라도 통과하지 못하면 인정받을 수 없었기 때문에 어떻게 해서든지 모든 미션을 함께 해결하려고 노력했다. 한 명, 한 명 통과하고 선임 병장들이 달아주는 계급장을 가슴에 받을 때는 묘한 희열이 느껴지기도 했다. 맞선임은 짓궂은 미션을 주지는 않았다. 그저 함께한 어려웠던 군대 생활을 떠올리며 진심으로 축하해 주었다.

모든 임무가 끝나고 나면 비로소 온전한 병장이 된다. 짧게는 10여 일에서 길게는 한 달이 걸리기도 했다. 이 짧은 시간이 조급하게 느껴지곤 했다. 시간의 상대성을 느끼며 병장을 생각조차 할 수 없었던 이병, 일병 생활을 떠올려 보기도 했다. 어느새 돌아보니 새로 들어온 후임병들이 어느새 제법 많았다. 내가 처음 자대 배치받고 짓궂게 놀리던 병장 선임들의 모습들이 하나둘 떠올랐다.

병장이 되어서야 그 사람의 진면목이 드러난다고 했던가? 아마 등 따습고 배가 불러봐야 그 사람이 보인다는 어른들의 말이 틀리지는 않은 것 같다. 병장이 되면 대부분 평소 자신의 성격을 드러내곤 한다. 때론 온순하게, 때론 폭군처럼. 난 어땠을까? 그런 생각을 하다 보면 다들 어려운 상황이었는데 내가 누군가를 힘들게 하지는 않았을까 하는 미안한 마음이 들기도 한다.

'미안해!'

그리고 '고마워!'

Jeong Daewon

02   병장이 되어 수색교육으로

"아니, 정대원 자살하는 거 아냐?"

"어휴, 병장 달고 뭐 하는 짓이야~~"

　　　동기들의 놀림 섞인 응원······. 아니 응원 섞인 놀림 속
에서 3월 10일 제62차 전문 수색교육에 입교하게 되었다. 교육생 번
호 20번. 1~3번은 소위 교육생이었고 4~19번은 하사였다. 유일한
병장 교육생으로 입교했고 조교들은 두 명만이 기초교육을 함께 받
았던 한 달 선임이었고 나머지는 모두 후임들이었다.

　　'내 짬밥이 얼만데.'

　　'아, 이거 그냥 안 받을 걸 그랬나.'

하는 생각은 하지 않았다. 수색대에 근무하기 위한 가장 중요한 교육이라고 생각했고 이걸 수료하지 못하면 전역하고 동기들을 만날 수 없다고 생각했다. 가장 날 정신적으로 힘들게 했던 것은 동기 없는 외로움이었고, 육체적으로 힘들게 했던 것은 맨몸으로 수중 10미터를 잠수하여 매듭을 지어야 하는 수중결색 훈련도, 맨몸으로 헬기에서 바다로 뛰어내려야 하는 훈련도 아닌, 훈련장까지 달려가기, 즉 구보였다.

해양 훈련을 하기 위해 방파제까지 뛰어가는 날에는 짧게는 왕복 4km 정도를 뛰어야 했고 수영 훈련을 위해 사단 내 수영장으로 이동할 때는 왕복 10km가량을 뛰어갔다 와야 했다. 군대 구보라는 게 내 페이스에 맞춰서 뛸 수 있는 것도 아니다. 목소리 높여 군가를 불러야 했고 어느 날에는 코를 막는 잠수경을 하고 뛰었고 어느 날은 잠수경에 바닷물을 채우고 뛰어야 했다. 바닷물을 수경에 채우고 뛰다 보면 바닷물이 코로 넘어와 자꾸만 없어져 버린다. 도착해서 수경이 비어있으면 기합을 받고는 했다.

다쳤던 후유증 탓이던가. 훈병 시절 100명이 1.5km 달리기를 하면 10등 정도 했었고 수색대에서도 중간 정도였던 달리기 성적은 언제나 100명 중 100등을 하게 만들었다. 아니 본대와 속도를 맞춰서 띌 수조차 없었다. 언제나 뒤에 쳐졌고 기합을 받아야 했다. 어려서 부터 수영을 배웠었고 입대 전 대한적십자사 라이프가드 자격증을 땄었기에 수영은 편안했지만 매일 아침 구보를 하기 전에 밀려오는 스트레스는 엄청났다.

이때 처음으로 나는 왜 다친 걸까. 억울하다.라는 생각을 했던 것 같다. 그리고 이때 힘듦을 투덜거리면 위로해 줄 동기들이 없다는 게 너무나도 외로웠다. 아침마다 다리가 아프다고 핑계를 대고 차량 이동을 신청할까 했지만 언제나 동기들이 놀릴까 봐, 나 스스로 당당하지 못할까 봐 헛구역질을 하며 뛰었다. 2006년 11월에 받았던 수색 기초교육 당시 유독 추위에 힘들어 벌벌 떠는 나를 동기들이 감싸주어 바람을 막아주던 그 날이 그리웠다.

Kim Jiyang

03 황제 병장 놀이를 하며
나를 돌아보다

병장 2호봉이 되면 드디어 모든 인계사항이 풀린다. 물론 3, 4, 5호봉의 병장들을 무시할 수는 없지만 군대 내에서 누릴 수 있는 모든 자유 권한이 주어지는 것이다. 내 말 한마디가 곧 법이요, 진리였다. 혹여 물건이나 사람을 혼잣말로 찾으면 수십 명이 동시에 찾아 나섰고, 내가 장난으로 목덜미를 잡고 쓰러지면 순식간에 나를 떠받치고 나를 안전하게 눕혀주기도 했다. 우리가 흔히 말하는 병장 놀이의 시작이었다. 내가 죽으라면 모두 죽는 시늉이라도 했다. 그래서 병장이 되어선 힘들어 보이는 이병을 손 총으로 쏴서 누워서 쉬게 하기도 했다. 지금 생각해보면 병장이 쏘는 손 총에 맞아서 침상에 누운 이병이 뭐 편하기야 했겠나 싶다. 그저 잠시 장난을 치며 마음을 풀어주기도 했던 것이었다. 이러나저러나 하루 24시간은 흘러흘러 가기에 이병 때는 그런 장난도 고맙게 느껴지기도 했다. 그런 시기에 이병의 마음과 일병의 마음과 상병의 마음을 헤아릴 수 있는 병장이 되는 것이 왜 힘들었을까? 누구나 그렇듯 내 몸과 마음이 편해지면 다른 사람에 대한 이해력은 떨어지는 것 같다. 그래서 '돈 많이 벌면 기부 많이 해야지' 하는 생각이 실천하기 어려운 것이다. 일병 시기에는 일병의 마음 범위에서 이병, 상병, 병장을 이해하고, 상병 시기에는 상병에 맞게, 병장 시기에는 병장에 맞는 이해와 배려가 필요한 것이다. 지금 돌이켜보면 나도 그렇게 좋은 선임, 후임은 아니었던 것 같다. 그래도 좋은 선임과 후임이 되고자 노력했던 나였다.

"○○아~, 병장 되면 다 똑같다고 선임 너무 욕하지 마라. 군대 생활을 해보니 비합리적이고 고쳐야 하는 문화도 많지만 그래도 군대에 푹 젖어서 생활해보면 배우는 것도 많다. 평생에 한 번뿐인데 푹 젖어서 생활해보고 나가자."

한창 병장 놀이에 빠져있는 2호봉이 지나면 이제 혼자만의 시간에 빠지곤 했다. 사회 준비도 해야 했고, 이제 나가서 나의 모습을 돌아보기도 해야 했다. 책도 좀 봐야 했고, 고민도 많아지는 시기였다. 다들 직업이 정해져 있던 나를 부러워했지만 나 또한 사회 적응이 고민이었다.

Jeong Daewon

04 예술과 특수 수색교육대의 밤은 길다

아무래도 수색대의 구성원은 체육 관련자가 많았다. 체육학과 출신이 흘러넘치는 곳이었고 미술학과 출신은 찾기 힘든 편이었다. 이런 희소성 때문일까. 이병 시절 매일 밤 병장 선임들의 깔깔이(내피)에 그림을 그려야 했다. 배려심 깊던 병장은 일부러 청소시간에 그림을 그리라 시킨 사람도 있었고 어떤 선임은 소등시간 이후에 머리에 헤드랜턴을 끼고 그림을 그리라던 사람도 있었다. 내피에 그림이 흐려졌다며 8년 만에 연락해서 A/S를 부탁한 소대장님도 있었다. 하지만 이런 부탁들도 내 계급이 올라감에 따라 부탁하는 사람도 줄어들었고 개인적으로 친했던 몇몇 선임들에게 선물로 줄 뿐이었다.

그런데 도대체 수색교육대에 내가 미대에 다닌다는 걸 누가 말했던 걸까? 대부분의 교관들이 한두 개씩 부탁을 해왔다. 문신 디자인을 부탁하는 교관, 캐리커처를 그려달라는 교관들은 양호했다. 수색교육대 행정관님은 수영 교범에 들어갈 그림이 너무 오래됐다며 개정하기 위한 그림을 그리라고 하셨고 추가로 수색교육 휘장의 디자인도 요구했다. 하지만 이것들을 넘어서는 사람이 있었으니 전역을 앞둔 악마 교관 박00은 자신의 군 생활 사진 수백 장을 가져와서 앨범을 만들어 줄 것을 요구했다(전역 후 연락하는 몇 안 되는 간부 이자 지금은 형 동생 하는 친한 사이입니다).

매일 새벽 6시에 기상해서 먹어도 먹어도 배고프고 자도 자도 졸리고 봄바람에도 추위를 느낀다는 피교육생의 신분으로 3월 바다에 벌벌 떨며 훈련을 받아야 했다.

교육생이 힘든 건 정말 단 한 시간의 자유시간도 주어지기 힘들기 때문이다. 하루 세끼 식사시간 1시간 동안에는 줄 서서 턱걸이를 하고 밥을 먹어야 했고 불합격하면 얼차려를 받다가 식사를 해야 했다. 밥 먹고 내무실에 들어오면 화장실 다녀올 시간이 부족할까 걱정해야 했다. 저녁 6시에서 9시까지 보장받아야 할 개인 시간에도 각종 이론교육, 다음날 훈련을 위한 작업, 야간 훈련이 있는 날도 허

다했다. 전문 수색교육 기간에는 5분간 취침 명령을 받으면 4분 58초를 깊게 잘 수 있던 시기였다.

그런 시기에 밤에 그림을 그리라고 시키는 교관들은 너무나 악마들처럼 느껴졌다. 새벽2~3시까지 그림을 그리고, 사진을 잘라 붙이고 잠을 자야 했다. 밤은 짧고 예술과 수색교육대의 밤은 길었다.

Kim Jiyang

05   과학화 훈련 준비,
          마지막 불꽃을 태우다

군대에 가기 전에 병장이 되면 움직이기가 싫어진다는
친구들의 이야기를 듣곤 했다. 그래서 병장 시기에 하는 훈련은 그
렇게 귀찮다는 것이었다. 하지만 대학 시절에 군대에 가는 친구들보
다 3~4년은 늦게 군 생활을 시작했어도 내게 병장 생활은 더할 수
없는 활기 넘치는 시기였다. 이 시기에 훈련이 많은 것이 오히려 감
사했다. 훈련 중에는 시간이 잘 가기 때문이었다. 사전에 훈련을 준
비하는 것과 다녀와서 정리하는 것은 후임들이 많이 도와주었기에
오히려 편했다. 특히 한 달에 한 번 스쿠버 훈련이나 공수 낙하 훈련
은 사회에서 레저로 즐기려면 돈이 많이 들 텐데 매달 생명수당을
받아가면서 했으니 그것 또한 혜택이라면 혜택이었다.

전역을 2-3달 앞둔 우리에게 사단 2-2대의 과학화 훈련 특수수색 임무가 주어졌다. 우리의 맞선임부터는 전역 날짜와 훈련 날짜가 겹치는 바람에 참여할 수 없어서 우리는 최고 선임병의 위치로 훈련에 참여하게 되었다. 사단 내에 들어가서 훈련을 하였는데 주로 체력훈련을 했다. 체력훈련은 우리가 자신 있는 부분이기도 해서 새로운 환경에서 훈련을 받는다 하니 내심 즐겁기도 했다. 하루하루 시간도 잘 갔다. 마치 체대 입시 체육을 하듯이 우리는 '영화 300'을 본떠서 '수색 300'이라고 훈련 이름을 정하고 체력훈련을 하였다. 난 최고 선임병이었지만 체력에선 줄곧 최고 수준이어야 한다는 생각에 훈련에 뒷짐 지는 법은 없었다. 늘 후임들보다 나은 모습을 보이려고 노력했다. 그러니 선후임 모두 훈련에만 집중을 하게 되면서 훈련 효율도 오르고 생활은 서로 편해졌다. 마치 포이글 훈련을 하면서 만났던 미 해병대의 군 생활과 비슷해진 게 아닌가 하는 생각도 들었다.

1달 가까운 시간의 훈련 기간을 거쳐 강원도 과학화 훈련에 참여하게 되었다. 레이저 장비를 차고 실제 전투를 경험하는 훈련이었다. 총을 맞으면 '사망'으로 훈련에서 제외가 되었다. 우리에게 맡겨진 임무는 화력 유도와 첩보 획득과 같은 일이었다. 오래 준비한 것에 비해 좋은 결과를 내지는 못했지만 마지막 병장 시기에 알찬 훈련으로 체력을 보강했다는 생각에 뿌듯했다. 최고 고참으로 참여한 훈련까지 마치고 돌아오니 선임들이 다 전역하고 문자 그대로 '최고 고참'이 되어 있었다. 이제 정말 사회로 돌아갈 날이 머지않았다는 생각은 설렘과 동시에 새로운 두려움을 동반하기도 했다. 그렇지만 그 두려움은 한번 부딪혀보고 싶은 그런 두려움이었다.

Kim Seokjin

06   색다른 유격 훈련의 추억

보통 군 생활 얘기를 할 때 유격 훈련 얘기를 많이 한다. 우리 수색대도 유격 훈련을 한다. 수색교육을 수료하면 붙일 수 있는 휘장은 공수, 스키, 스쿠버, 유격 등을 상징한다. 평상시 자체적으로 훈련을 하기도 하지만 유격장에 가면 심도 있는 훈련을 받는다. 그런데 내가 병장 때 받았던 유격 훈련은 침투훈련과 연계되어서 실시됐다. 훈련에 대한 의견을 받은 적이 있었는데 내가 침투, 정찰, 폭파 등 각개훈련이 유기적으로 연결된 훈련이었으면 좋겠다는 글을 적었고, 그게 반영된 것이었을까? 새벽 2시경 침투 목표 지점으로 보트를 타고 출발했다. 한참을 달린 후 해안이 희미하게 보일 때 우리는 노를 저어서 조금 더 접근한 후 나와 후임 한 명이 어두운 새벽 바다에 몸을 담가 수영을 시작했다. 약 1km 정도 되었던 것 같은데 둘이 짝을 맞추어 밤바다를 갈랐다. 마치 야광 페인트를 부어 놓은 것 같이 보이는 물속의 플랑크톤이 빛을 발했고 내 손끝에서부터 갈라져 몸을 타고 흘렀다. 정말 지금도 잊을 수 없는 묘한 아름다움이 생생히 기억난다. 수영하는 내내 너무 황홀한 기분을 느꼈었다. 경험해 본 자만 알 수 있는 느낌이다. 그렇게 도착한 해안에서 우리는 몸을 숨겨 기었고 전방에 위험이 없다는 판단 후 경계 자세로 보트에 안전신호를 보냈다(이 광경을 대대장이 해안에서 의자에 앉아 모두 보고 있었다). 이윽고 나머지 팀원들이 보트를 타고 침투했고 우리는 또 해안에서 몸을 최대한 은폐하며 숲속으로 들어갔다. 다른 팀원들이 경계 자세를 취해주고 나와 후임은 입고 있던 슈트를 전투복으로 환복하고 유격장까지 침투를 시작했다. 유격장까지는 약 3시간 이상 걸렸던 것 같다. 유격장엔 다른 해병들이 초소에서 경계근무를 서고 있었다. 우리는 은밀히 그들에게 다가갔고 사격 자세를 취했다. 거기까지가 침투 훈련이었다. 새벽에 완전 무장에, 위장까지 하고 나타난 우리를 보고 적잖이 놀란 눈치였다. 나중에 들은 얘기인데 유격장 조교 생활을 하면서 해병대의 많은 부대가 오지만 그런 식으로 오는 건 처음 봤다고 한다.

우린 약간의 오침을 하고 유격 훈련에 들어갔다. 정말 해병대 유격교육대의 대원들은 훈련이 잘되어 있다. 한 치의 망설임도 흐트러짐도 없는 멋진 자세로 레펠을 한다. 그뿐만 아니라 여러 가지 로프 매듭, 도하, 암벽등반 등 개인적인 생각으로 해병대 유격 교육대 조교들은 훌륭하다. 조교들에겐 배울 점이 많다. 정말 기분 좋았던 건 내가 신병 훈련소 시절 친하게 지낸 동기가 그곳 조교였다는 것이었다. 이제 막 입대해서 같이 신병 교육을 받았었는데 이제 서로 병장이 되어서 만난 것이었다. 얼마나 반갑던지 우리는 서로 많은 얘기를 나누고 일과가 끝나면 (거의 최고선임 병장이니 가능했지만) 나는 유격 교육대 조교들이 운동하는 헬스장에 가서 같이 운동하기도 하고, 우리 부대에 나온 부식(수색대는 부식이 정말 상상 이상으로 잘 나온다)남는 것을 모아서 조교들에게 가져다주기도 했다. 그 동기도 수색대 지원병으로 입대했으나 아쉽게 체임버 테스트에서 탈락해서 유격대로 간 것이었다. 워낙 군 생활도 잘하고 로프 등에 관심이 많아서 조교로 선발되어 유격 교육대에 근무한 것이었는데 멋지게 해병이 된 동기를 보니 정말 헤어지기가 싫을 정도였다. 그런 동기애가 우리 해병대의 가장 큰 무기가 아닌가 싶다. 그러니 전우를 위해서 죽기 살기로 싸울 수 있는 것이다. 아마도 또 전쟁이 발생한다면 나는 해병대의 위상이 더 높아질 거라고 생각한다. 물론 그런 일이 발생하면 안 되겠지만 말이다.

다른 이들은 군 생활 중 가장 힘들었던 훈련이 마치 유격 훈련인 것 같은 느낌을 많이들 주는데 우리 수색대는 워낙 여러 훈련을 받고 운동을 좋아하는 이들이 모여 있기에 유격 훈련은 즐기면서 하게 된다. 여러 가지 레펠을 한 번이라도 더 해보려 하고 잘 안 되는 부분은 고쳐 나가려고 노력한다. 헬기 레펠 훈련은 아마 해병대 유격 훈련장이 가장 높을 것이다. 외줄 도하를 하다 보면 밑에 차가 지나 다니는 길을 건너게 된다. 정확히 길이가 몇 미터였는지 기억은 안 나지만 아주 긴 거리였다. 그것 때문에 워커 끈이 많이 터지곤 했다. 또 패스트로프 훈련도 많이 하는데 이건 레펠로 헬기에서 침투하는 것보다 신속하다. 영화 〈블랙호크 다운〉에서 미군들이 침투하다 한 명이 떨어지는 그 장면을 본 사람이라면 알 것이다. 그냥 두꺼운 탄력 있는 줄을 무장을 매고 손으로 잡은 채 내려온다고 생각하면 되는데 이것 또한 유격대 조교들이 수색대가 와서 하는 거 처음 봤다고 하는 말을 들었다. 이렇게 나의 마지막 유격 교육은 끝나갔고 반갑게 만난 동기와 작별을 했다. 전역 교육대에서 만나자는 인사말을 뒤로한 채 우리는 부대로 복귀했다.

Kim Jiyang

07 전교대 입교, 그리읬던 동기들을 보다

전역을 앞둔 해병대 1사단 동기들이 모두 모였다. 이병 시절엔 지나다가 만나도 알은체 못 하고 지냈던 동기도 있었고, 훈련소에서 동고동락하며 지내던 보고 싶었던 동기도 있었다. 늦은 입대를 했던지라 가입소 기간에 만났던 1소대 1격실 멤버들은 나름 더 끈끈함이 있었다. 다들 늦은 나이에 입대를 했던지라 더욱 심한 고초를 겪었을 것이다.

"왜, 늙어서 어린 선임한테 맞으니까 기분이 나쁘냐?"

이런 말을 들어본 사람이라면 공감할 것이다. 그냥 맞아도 서러운데 다른 이유도 아니고 나이 많다는 이유로 욕먹고 맞았다면 얼마나

억울했겠는가? 그런 동기들을 전역 교육대에서 만나니 다들 싱글벙글 이었다.

"니들이 군인이냐? 빠져가지고. 저쪽 나무까지 선착순 10명 출발!"

전교대에서 기합이 빠졌다고 선착순 뺑뺑이를 돌려봐야 우리는 모든 상황을 초월하며 받아들일 준비가 되어있었다. 어찌 되었든 시간을 갈 것이고 우리는 곧 사회인이 될 상황이라 선착순마저도 웃으며 뛰어다녔다.

전교대에서 아쉬움이 있었다면 강화도, 백령도로 자대배치를 받은 동기들을 못 보았다는 것이다. 동기 중에 꼭 보고 싶은데 아직도 연락이 닿지 않은 동기도 있다. 그 친구가 원하던 일을 잘 해내고 잘 살아가고 있으면 싶다. 언젠가 인생 여정의 어느 부분에서든 한 번쯤은 다시 만나 그 시절 우리를 함께 추억하고 싶다. 우리 모두 고생 많았다.

08   즐거운 병장 생활

병장이 돼서도 선임 병장들이 많을 때는 별로 재미가 없다. 하고 싶은 대로 다 하지도 못한다. 병장의 기합은 병장끼리 잡는다. 그렇지만 이제 병장도 꺾이면 그때부턴 진짜 천국이다. 나는 정말 즐겁게 그 시간을 보낸 것 같다. 특히나 이병 막내들이 그렇게 귀엽게 보였다.

"잉? (TV) 원더걸스네. 뭐 하나? 춤 안 추고~~"

내무실 전원이 춤을 춘다. 서로의 얼굴에 웃음이 묻어난다. 끼가 있는 후임은 정말 재미있게 추기도 한다.

"애들아 나 슈퍼맨 하고 싶어~ 슈퍼맨~~"

슈퍼맨 자세로 점프를 하면 후임들이 들어 준다. 그 자세를 유지하면서 옆 내무실로 가서 거기서 또 논다. 후임들은 나를 든 채로 웃음을 참느라 힘들어한다.

"전방에 수류탄~~"
훈련을 마치고 힘들 때면 내무실에 수류탄을 던져준다. 그럼 후임들은 일제히 모두 뒤로 누워서 쉰다.

"○○아 복도에서 총검술 해봐 ~"
당직부사관 왈 ~
"야!~ 저 ○끼 왜 저래~ 김석진~~ 장난 그만 쳐~~"

"○○아 ○○ 내무실 ○○선임한테(최고참) 가서 집에 좀 가라고 해~"

옆 내무실에서 그 선임 웃음소리가 들린다.
"왜? 뭔 말하려고 왔어?"
"집에 가시랍니다~!" "뭐? 대가리 박아, 아니다~ 아니다~"

"소등하겠습니다~!"
"그래~ 심심한데 오늘은 누워서 야자타임이나 하다 자자! 어차피 나이도 내가 제일 많으니까~"

"니덜 야자타임 진지하게 해라~~!"

그렇게 야자타임이 시작된다. 다들 형 동생 하기 시작하고 후임이 선임에게 반말을 시작한다. 그렇게 또 껄껄 웃고 있는데 정말 말수가 없던 후임, 그 친구는 그 당시 어느 정도 짬이 있었다.

"석진이 형, 이제 제발 그만~ 주무세요~~!"

그렇게 또 즐거운 하루가 끝난다.

우리 내무실은 순검이 끝나고 나면 한 명씩 10을 세면서 팔굽혀펴기를 했다. 물론 하기 싫은 후임도 있었겠지만, 체력단련을 위한 방법이었다. 또한 우리 내무실만의 신조 및 3대 금지사항도 있었다.

"열외 금지, 낙오 금지, 구타 및 가혹행위 금지?"

"필승~! 필! 승!"

나는 후임들이 거수경례를 하면 끄덕이거나 본척만척하는 게 아닌 꼭 거수경례를 해주려고 노력했다. 이런 걸 보고 웃는 행정관님도 계셨고 이런 걸 보고 자신도 저렇게 해야겠다는 소대장도 있었다. 하급자가 경례를 하면 성의 있게 받아주자. 그것만으로도 하급자들은 선임을 좋게 생각해 주게 된다.

이렇듯 병장이 되면 즐거운 병영 생활을 할 수 있다. 그리고 병장이 그 중대의 분위기를 만들 수 있다. 선임 병장이 되었다고 이렇게 장난만 치는 건 아니다. 훈련에 대한 생각을 말하기도 하고 병장들을 모아놓고 내가 바꾸고 싶은 문화에 대해 토론하기도 한다. 특히나 나는 병장들이 훈련에 소극적으로 임하는 걸 누구보다 싫어해서 다른 병장들에게 이것에 대하여 많이 강조했다. 또 어떠한 사건이 발생하면 그와 관련된 얘기를 나눠 보기도 한다. 한번은 훈련 복귀를 하다가 부사관과 갈등이 발생하여 소대장까지 우리와 대립각을 세우게 됐던 때가 있었다. 얼마간 중대 분위기가 안 좋았고 병장들은 모여서 의견을 나눈 후 나는 소대장을 찾아가서 면담을 했다. 이런 일이 있었고 이런 건 보기가 안 좋았다. 이런 부분은 이해를 해 달라 우리는 적진에서 팀으로 움직인다. 서로 하나가 되어야 하는데 어떤 부분에서 갈등이 생긴다. 이러한 의견을 나눈 후 소대장도 느끼는 게 있었는지 금세 분위기가 풀렸다. 그리고 갈등이 있던 부사관에게도 찾아가 대화를 나누고 우리 중대는 다시 활력을 되찾았다.

놀기만 하는 걸로 보이는 병장도 이렇듯 많은 일을 한다. 그리고 계급에 대한 책임감 후임들에 대한 애착이 생긴다. 이런 건 군 생활을 해봐야지 느낄 수 있는 부분이다. 남자라면 한 번쯤 느껴보고 싶지 않은가?

Kim Jiyang

09 사회로의 마지막 관문, 전역식
(파티+신고식+두들겨 맞기+샤워+헹가래)

전역을 앞둔 주말이면 전역자를 위한 파티가 있다. 과자 및 냉동 음식으로 상차림도 한다. 전역자들은 막내에게 전역 교육대 입교 신고를 해야 했는데, 신고식의 과정이 꽤나 떠들썩했다. 병장들은 막내에게 전역자 신고를 한다. 최고참이 이제 갓 군인이 된 이병에게 신고를 한다는 것이 생소한 일이기도 하지만 모든 군 생활을 다 마치고 사회로 떠나는 선임의 새로운 출발을 사회에서 이제 갓 들어온 막내에게 신고를 하는 것에 의미 부여를 하자면 나름 의미가 있기도 하다.

〈1차전〉

"필승! 병장 김지양 외 3명은 0000년 00월 00일부로 전역을 명 받았습니다. 이에 신고합니다. 필승!"

모든 것을 끝낸 병장들의 우렁찬 목소리가 휴게실을 울려 퍼진다. 그러면 막내는 중간 선임들의 요청(코치)에 따라서 신고를 장난으로 받는 과정을 몇 번을 거친다.

"필통!"
"ㅇㅇ아, 가긴 어딜 가나?"
"신고 똑바로 몬하나?" 등등

제대로 된 신고를 받을 때까지 신고 과정이 이루어진다. 신고를 장난으로 받게 되면 한동안 전역자들을 제외한 병장들의 막내에 대한 무차별적 공격이 시작된다. 빨리 받아주지 않는 것을 같은 계급의 병장들이 분풀이를 대신 해주는 셈이다. 그러면 막내 위의 모든 중간 선임들이 이러한 공격을 필사적으로 막아주어야 했다. 만약 막내의 털끝 하나라도 닿으면 야밤에 이병, 일병, 상병은 상병 말호봉에게 줄줄이 집합을 당하게 되었다. 사회로 나갈 최고참이 사회에서 갓 들어온 이병에게 하는 왁자지껄, 휘황찬란한 신고식이 끝나면 진짜 파티가 이루어진다. 다 함께 달콤한 냉동 음식, 과자 파티를 하는 것이다. 사실 전역자를 제외하고는 그 시간이 가장 좋았을 것이다.

〈2차전〉

음식 파티가 끝나면 청소를 하고 자기 전 두 번째 파티가 벌어진다. 전역 대기자들의 전역 교육대 입교 신고식이 이루어지는 것이다. 순검(점호)이 끝나고 후임병들이 단체로 몰려와서 전역자들을 포박해서 이불로 덮어놓고 흠씬 두들겨 팬다. 후임들과 사이가 좋은 선임들이야 장난으로 적당히 맞겠지만 성질이 고약한 선임들은 그 날 이불을 뒤집어쓴 채로 엄청나게 얻어맞는다. 그 후 포박당한 채로 화장실로 끌려가면 후임들이 머리끝부터 발끝까지 손수 구석구석 비누칠을 해주고 씻겨주었다. 이제 군대에서의 때를 벗고 깨끗한 몸으로 나가라는 것이었다. 마지막 날 밤 나는 무슨 생각을 하며 잤을까 떠올려본다. 내일이면 이제 다시는 돌아오지 못할 병사와 내 잠자리. 옆에서 코를 골고 잔다고 그렇게 욕먹던 후임마저도 그리울 것 같았다.

아침이 되어 아침 식사를 하고 위병소를 빠져나갈 준비를 하였다. 마지막으로 후임들의 헹가래가 있다. 3미터 정도의 높이까지 날리는 공포의 헹가래는 즐겁기도 했지만 무섭기도 했다. 때로는 식당으로 가는 천장에다 던지기도 했는데 몇몇 선임들은 던졌다가 제대로 받아주지 않아서 전역과 동시에 병원 신세를 지기도 했을 정도였다. 그런 헹가래를 끝으로 눈물을 지으며 부대를 빠져나왔다. 위병소를 벗어나며 소리를 지르던 그날, 그 순간은 지금 생각해도 짜릿하다.

이제 사회에서 새로운 시작이 눈앞에 있었지만, 군대에서의 모든 과정을 무사히 마치고 나오는 그날만큼은 세상 누구보다도 행복했다.

"(위병소 근무서는 후임들의 경례를 받으며)야~~ ○빵이쳐라."

Kim Jiyang

10 위병소를 벗어나, 종로 한복판에 서다!

60 트럭을 타고 위병소를 벗어난다. 이제 사회인이란다. 물론 그날 밤 12시까지는 군인 신분이라 사고 치면 바로 군대 영창으로 들어올 거라는 협박 같은 주의를 듣기도 했지만 그런 소리가 우리에게 잘 들릴 리가 없다. 중국집에서 간단하게 탕수육에 소주한잔을 걸치고 집으로 향했다. 잠이 오지 않았다. 집에 도착해선 연습했던 대로 큰 소리로 전역 신고를 마쳤다. 어머니의 눈에서도, 내 눈에서도 왠지 모를 눈물이 흐른다. 무사히 마쳤다는 안도감일까?

가족과 가볍게 식사를 하고 서울로 향했다. 동기들을 종로에서 만나기로 했던 탓이었다. 전역 전 전역교육대에서 그렇게 교육을 받고 욕을 먹어도 해병대 전역자들은 광화문 이순신 동상 앞에 기수 별 시간에 모였다. 모이는 방법은 '1027기' 면 전역일 10시 27분에 모이는 것이었다. 해병대 수색대 동기들은 그 장소에 가지 않고 따로 모이기로 했다. 진하게 마신 술기운에 종로 한복판에서 군가를 큰소리로 불렀다. 아무도 시비를 걸거나 건드리는 사람은 없었다. 그때의 우리를 지금 내가 봤다고 해도 시커멓고 무서운 게 없는 그들을 본다면 그저 피하고 싶었을 것이다. 종로 한복판에서 우린 함께 외쳤다. 이제 각자의 위치에서 해병대 수색대의 '깡'을 발휘해보자고. 그래서 그 시절 우리를 생각하면 못 할 일이 뭐가 있겠나 싶다.

'안 되면 되게 하라.'
'안 되면 될 때까지.'

해병대의 구호는 어느새 우리 삶의 이정표가 되어 있었다.

Kim Jiyang

11 　　1027기 동기를 기억하다

석○, 지○, 상○, 종○, 동○, 대○, 석○, 승○, 성○, 용○.

허락도 없이 해병대 수색대 1027기 수색병과 동기들의 이름을 불러본다. 신기한 것은 지금도 자연스레 군번 순으로 떠오른다. 훈련병 나부랭이 시절부터 전역하기까지 동기들이 없었다면 어떻게 이겨냈을까 싶다. 함께할 때는 함께하는 데 힘이 되었고, 떨어져 있을 때는 동기들도 각자 힘들게 지내고 있겠구나 하면서 힘이 되었다. 지금도 가끔 그 시절의 우리를 추억하며 힘을 얻곤 한다.

"우리 하고 나서 평생 서로를 기억하며 후회할 짓을 해보자."

하며 온갖 짓궂은 행동을 했던 그 시절이었다. 그때의 무모함, 모험심. 그 경험들이 켜켜이 쌓여 오늘날 우리들을 만들어가고 있다.

우리 모두 우리의 선택에 후회는 없다. 후회하기보다는 그 경험을 발판으로 나아가는 데 익숙한 우리이기에 그럴 것이다. 그 시절 우리에게 힘이 되었던 영화 속 엔딩자막을 끝으로 병장시절 추억을 맺음하려 한다.

"밉지 않은 오만, 근거 있는 자랑에 박수를 보낸다.
아주 특이하지만 거부감을 주지 않고,
용감하지만 사납지 않으며
역동적이지만 불안감을 주지 않고,
억세지만 아름답다.
이 세상에서 가장 치명적인 무기는
해병과 그들이 보유한 특수수색대이다."

-영화 'Band of brothers' 중 -

12   군대 메모, 일기, 추억의 그 시절...

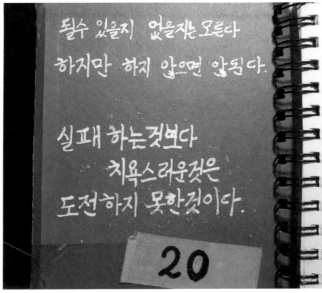

2007. 3. 25
이 해군 항공모함께 출발시작 ...
... 신사가 페인티가 스트림 삭제되라는 환상계했더니 ...
굵은 징상이지만 아늑한 곳에서 이정윤이 ...
함께 훈련 받았면 이 해병대 수색대도 함께 ...
가게되었다. 지난 ... 이 미국쪽인데로 여대까지 ...
... 마련에 참여여하나 여행에도 ... 함께 ...
... 한국군인(... 수색대)의 정이 미해병 ...
수색대에도 통하나보다.
2007. 7. 26
... 가고있다. 힘이 ... 가는것 같다. ...
... 수색대가 있다. 한국 해병대 수색대원 ...
... 휴가로 친선장에가가서 힘스과남은 받았다 ...
... 완전바뀌게 자신이 없다. 우상이 중요라기 ...
... 서로들 깊게 대한 ... 보다 ...
나도 따나로는 그럴 ... 있었었지 ... 나 ...
... 등으로 잘 못의 선택을 하 ...
... 유용을 떨치수 있기위해선 여 ...

포기를 모르는 남자
indistinguable

-

담배는 꺼도 바람은 안꺼다.
밀땅은 꺼도 뒷담은 안꺼다.
휴지는 버려도 자존심과 친구는 안버려라.
슬픈 사도 사람은 안산다.
까불지 마라.
내 인생은 내가 산다.

2008

사나이는 포기하지 않는다

낙혁은 뛰어넘는 재능은 없다.

2008년 3월 10일 월요일
수색교육대 입교...
어제 1시 포항행 버스를 타고 고속도로를
달리는데 참 기분이 묘했다.
이제 대대로 들어가면 그렇게 기다리던
수색교육을 떠나야 된다.
기대감, 두려움이 뒤죽박죽이 되어 이생각 저생각
하다 잠이들었다.
뭐 총검술 포상 무마된 야기는 짜증나니
날아가고... 지금나는 수색교육대 교육생이
되어있다. 112명의 교육생을...
가입소대 얼마나 돌아가게될까,
몇명이나 수료할까...
반드시 수료하리라...
나는야 해병특수수색교육대 62차 20번 교육생

Kim Jiyang

제대 후 10년, 앞으로의 미래

제대 후 10년이 지나 남들은 듣기 싫어한다는 군대 이야기를 하는 것이 걱정이 되기도 했다. 그래서 아내에게 이야길 했더니 쓰지 말라고 단칼에 얘기했다.^^ 그런데 군대 생활을 더듬어보는 것은 나에게도, 또 군대 갈 계획이거나 군 생활을 하는 누군가에게도 의미가 있겠다는 생각을 했다. 10년이 지나도 어떤 장면들은 생생히 떠오르고 순간순간 기억이 나며, 내가 지금 살아가는 데 큰 힘이 되고 있는 것을 보면 그것은 분명하다. 내가 대한민국 최고의 부대에서 근무했기 때문은 아니다. 누구든 자신이 가는 군대가 가장 힘든 법.

길면 길고, 짧으면 짧다는 2년을 버려지는 시간이라고 생각하고 싶지는 않았다. 그런 내 바람대로 2년은 평생을 살아갈 힘이 되었다. 내가 사회에서 경험하는 수많은 상황을 대하는 방식과 관점에서 분명 중요한 역할을 하고 있다.

난 운이 좋았다. 내가 군대를 통해서 성장할 수 있었던 것은 내게는 좋은 선임들이 있었고, 또한 좋은 선임은 아닐지라도 내 성장에 도움이 되는 선임들이 있었기 때문이었다. 그리고 좋은 후임들과 나로 인해서 힘들었을 후임들도 있었을 것이다. 아마도 그들로 인해서 내가 성장했을 것이고, 나로 인해서 그들도 성장했을 것이다. 그리고 해병대의 사병으로서 애증의 관계였던 간부들도 있었다. 장교(소대장님, 중대장님)와 부사관(행정관님, 선임하사님, 팀장님)들이 있었다. 그들과 함께였기에 우리는 더욱 자신을 단련할 수 있었고, 관계에 대해서 많은 깨달음을 얻을 수 있었다.

전역을 앞둔 어느 날 후임들이 내게 해주었던 소박하지만 끈끈한 전역식이 또렷이 기억난다. 마지막 주말 해변으로 나가 해송 단지에서 불을 피워 고기를 구워주셨던 낭만충만 소대장님, 특별 외출을 허가받아 내게 삼계탕을 사주었던 최고의 팀장님. 이 자리를 빌려 그들에게 감사함을 꼭 전하고 싶다.

10년이 훌쩍 지나 동기를 만났다. 동기들을 자주 보지는 못하지만, 가끔 주고받는 문자에서도 이상하게 힘이 될 때가 있다. 그런 동기와 함께 우리에게 힘이 되었던 서로의 추억에 대해 이야기를 나누었다. 잊고 있던 기억까지 새록새록 떠올랐다. 어쩌면 10년이 훌쩍 넘은 내 기억 속에서 조금은 과장되고 포장된 부분이 있을지는 모르겠다. 하지만 분명한 것은 생각을 더듬어 글을 쓰면서 나를 돌아볼 기회가 되었다는 것이다. 그리고 앞으로의 내 삶을 계획하는 데에도 힘이 되었다. 앞으로 나아갈 미래를 위해 다시금 정신무장을 하게 된 것이다. 또 10년이 흘러 이 글을 다시 보게 된다면 어떤 생각이 들지 궁금하다.

나라를 지키는 군대 생활이 대한민국을 지키는 것뿐만 아니라, 나 스스로를 지키는 군대가 되기를, 더 나아가 우리 자신을 바로 세우는 군대가 되기를 바란다.

필승!

Kim Seokjin

시간은 가지만 추억은 영원하다

     훌륭한 동기 덕분에 나를 돌아보고 예전 군 생활의 시간을 떠올려 볼 수 있었다. 제대 후 남는 소중한 것 중 하나가 이러한 동기들이다. 서로 바쁘게 살기에 자주는 못 만나지만 꾸준히 연락하고 안부를 묻는다. 그것만으로도 2년 군 생활의 엄청난 보상이라고 생각한다.

  나는 현재 모 소방서 구조대에서 근무하고 있다. 그렇기에 수색대에서 배운 것들은 나에게 큰 인생 밑천이 되고 있다. 그리고 해병대라는 인연으로 평생의 연을 만났다. 내 아내는 해병대 군무원이다. 같이 공부하던 선배가 소개를 해줬는데 우리는 어떠한 공통점 때문이었는지 서로에게 끌렸고 결혼하게 됐다. 내가 병사 때 같이 생활한 부사관분이 아내에게 스쿠버 다이빙도 가르쳐줬고 내가 병사 때

중대장이셨던 분도 사령부에서 근무하고 있었다. 참 인연이란 묘하다. 현재는 사랑하는 딸도 얻어 열심히 육아를 하고 있다. 육아가 군 생활보다 더 힘들단 생각도 들지만 바라보면 예쁘고 사랑스럽다.

안타깝게도 서문에 언급한 바 있지만 가끔은 우리 해병대를 비하하기 위해 개병대란 용어를 쓰기도 한다. 물론 우리의 작전이 대부분 앞은 적진이고 뒤는 바다다. 그런 곳에서 싸워 살아남고 임무를 완수하려면 끈끈한 전우애와 용맹함 그리고 끈기가 있어야 할 것이다. 소위 투견 같은 근성도 있어야 한다. 그렇기에 미 해병대의 마스코트도 불도그이고 우리 해병대도 진돗개다. 그렇지만 가끔 해병이란 자부심이 안 좋게 표출되는 순간들을 보기도 한다. 해병의 자부심과 긍지는 가슴속에 넣어두고 타인을 존중하고 배려하고 봉사하는 멋진 해병이 되었으면 좋겠다.

군생활을 하면서 나는 많은 것을 배우고, 느끼고, 경험했다. 동기들을 포함한 많은 좋은 사람들도 만났다. 그런 것은 돈 주고 살 수 없는 인생 선물이라 생각한다. 해병대 전역자라는 공통점으로 가까워진 지금의 나의 멘토분을 만났고 많은 도움과 조언을 받고 있다. 내가 좋아하는 동기가 있는데 우리는 훈련소에서 아주 가깝게 지냈지만 부대가 달라서 거의 2년 동안 만날 수 없었다. 군대에선 편지도 주고받았고 지금도 서로 연락을 한다. 고대 경영학부에서 공부하다 왔었고 아주 작고 왜소했다. 내가 보기에는 마치 아이처럼 보였을 정도였다. 그런데 전역 후 한참이 지나서 술 한잔하던 날 이 동기가 나에게 자기는 전투복을 방 벽에 걸어두고 있다는 말을 했다. 내가 왜 그러냐고 묻자 전쟁이 나면 가장 먼저 달려 나가고 싶다는 것이다. 어떻게 보면 웃길 수도 있는 얘기지만 참 그 순간은 멋져 보였다. 이러한 사람들을 군대가 아니었으면 만날 수 있었을까 생각한다.

군 생활을 인생의 낭비로만 여기고 어떻게 하면 안 갈까? 혹은 어떻게 하면 편안하게 다녀올까만 고민하는 분들을 보면 안타깝다. 꼭 해병대가 아니어도, 수색대가 아니어도 군대는 그렇게 인생을 낭비만 하는 곳은 아니다. 허나 본인이 그렇게 생각한다면 정말로 낭비만 하다 올 것이고 하루하루가 괴로워질 것이다. 10여 년이 지났지만, 포항 앞바다의 냄새가 아직 가슴에 묻혀있고 즐거웠던 순간, 죽도록 힘들었던 순간, 멋진 부대원들 그리고 동기들이 아직도 생생히 기억난다. 내 선택의 후회는 없다. 다시 돌아간다 해도 나는 같은 선택을 했을 것이다.

『수색대원의 신조』

 - '쉽게 분노하거나 쉽게 동요하지 마라. 항상 태산같이 정중하되 정의를 위해선 불 뿜는 활화산 같아라.'

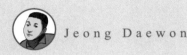

Jeong Daewon

미술 교사로 다시 태어나다

짧은 글과 그림을 마치면서 나는 이 글과 그림 속에서 무엇을, 누구에게 말하고 싶었을까?

첫째, 군 입대를 청년들에게 '힘듦을 견뎌내고 긍정적인 영향으로 연결되길' 빌어본다. 어느덧 교직에서 10년을 보내고 나니 제자들 중 군을 전역하고 대학교를 졸업하는 친구들도 있다. 가장 소중한 사람으로 자라왔던 그 친구들이 군 생활을 견뎌내고 있다는 게 상상이 되질 않기도 한다. 물론 나의 쓸데없는 걱정과는 달리 잘 생활하고 사회에 나와서 본인의 역할을 다하고 있다. 학교에서, 친구에게, 선생님에게 받은 상처도 평생을 안고 사는 사람들이 많은데 군대는 계급사회라는 특수성과 안전사고가 일어날 수 있는 확률이 높기에 몸과 마음의 상처를 더 많이 받고는 한다.

그런 환경과 혹시 있을 부당함을 정당화시키고 싶지는 않다. 그 안에서도 내 인생을 발전시킬 무언가를 찾아내었으면 하는 것이다. 군 시절 두 번의 전신마취와 한 번의 척추마취를 경험했던 나도 출신 부대를 사랑한다.

둘째는 군 복무를 하고 있는, 했던 사람을 지인으로 두고 있는 대한민국의 대다수의 사람들에게 군 시절 얘기를 하는 지인이 있다면 따뜻한 말 한마디 건네주시길 부탁드리고 싶다. 잘못된 자부심에 손뼉을 쳐줄 필요는 없지만 이미 그들은 군 생활이 깎아 내려짐이 익숙한 사람들이다. 그런 그들에게 먼저 따뜻하게 '고생했어' 라고 격려를 건넨다면 그들은 당신을 따뜻한 사람으로 기억하리라.

오늘도 군 복무를 다하고 있는 국군장병 여러분에게 감사의 마음을 전하며 글을 마친다.

"고생했다."

아무리 세상이 변해서
편해졌다고 해도 군대는 군대다.
평화의 시대가 와서 대한민국의 남성들이
군대의 족쇄에서 벗어나기를 바라지만,
그런 시대가 오지 않은 지금은
군대라는 곳이 짐처럼, 악몽처럼
기억되지는 않기를 바란다.